楚辞

『学而书馆』编辑组 译

中国友谊出版公司

图书在版编目（CIP）数据

楚辞 ／ "学而书馆"编辑组译 . —— 北京：中国友
谊出版公司，2023.10
ISBN 978-7-5057-3346-6

Ⅰ．①楚… Ⅱ．①学… Ⅲ．①古典诗歌－诗集－中国
－战国时代 Ⅳ．① I222.3

中国版本图书馆 CIP 数据核字（2022）第 098118 号

书名	楚辞
译者	"学而书馆"编辑组
出版	中国友谊出版公司
发行	中国友谊出版公司
经销	新华书店
印刷	北京通州皇家印刷厂
规格	880 毫米 ×1230 毫米　32 开
	9 印张　170 千字
版次	2023 年 10 月第 1 版
印次	2023 年 10 月第 1 次印刷
书号	ISBN 978-7-5057-3346-6
定价	39.80 元
地址	北京市朝阳区西坝河南里 17 号楼
邮编	100028
电话	（010）64678009

如发现图书质量问题，可联系调换。质量投诉电话：（010）59799930-601

东皇太一

云中君

湘君

湘夫人

大司命

少司命

东君

河伯

山鬼

国殇

注：以上十幅图均为傅抱石所绘。

目 录

离　骚

屈原

【题解】

《离骚》是战国时期楚国诗人屈原的代表作，也是我国古代最长的抒情诗。

关于"离骚"二字的释义，古往今来有数十种说法，以下两种较为可信。一是遭受忧患说。汉代班固《离骚赞序》称："离，犹遭也；骚，忧也；明己遭忧作辞也。"二是离别忧愁说。汉代王逸《楚辞章句》称："离，别也。骚，愁也。经，径也。言己放逐离别，中心愁思，犹依道径，以风谏君也。"

关于《离骚》的创作年代，据司马迁《史记·太史公自序》记载："屈原放逐，著《离骚》"，其《报任安书》中有"屈原放逐，乃赋《离骚》"。所以《离骚》很有可能作于屈原被放逐后。今人对此说法不一，尚无定论。

《离骚》共计三百七十余句，两千四百余字，内容大致分为三部分。第一部分，诗人自叙高贵身世、高洁情操以及志向，君王昏庸守旧，不肯变革，诗人虽遭遇排斥但仍坚持理想；第二部分，女媭的劝告使得诗人失去了现实中最后的知音，他痛陈其"美政"思想后转而在想象中遨游天地，追求实现理想但理想破灭；第三部分，诗人并未放弃求索，他求助于巫神之力，在其指引下决定离去，正准备放弃一切远走高飞时却因依恋故国而不能离去。全诗反映了屈原追求个人价值和社会理想，与现实的谗害、社会的黑暗的严重矛盾，表达了屈原坚强不屈、百折不挠的"美政"追求，以及忠于国家、死而后已的伟大精神。

《离骚》作为《楚辞》的开篇之作，通过大量的象征和强烈的抒情，开创了一种极致浪漫的文体，对后世辞赋的发展有着巨大的影响。

帝高阳之苗裔兮，	我是天帝高阳的后裔啊，
朕皇考曰伯庸。	我太祖的名字叫作伯庸。
摄提贞于孟陬兮，	岁星正当寅年的正月啊，
惟庚寅吾以降。	庚寅那日我自天穹降生。

皇览揆余初度兮，	太祖揣度我出生的年时，
肇锡余以嘉名：	用所卜卦兆赐给我佳名：
名余曰正则兮，	他给我起名为正则啊，
字余曰灵均。	又给我取表字为灵均。

纷吾既有此内美兮，	我既富有内心的美德，
又重之以修能。	又有美好的仪容姿态。
扈江离与辟芷兮，	披着江离与幽香的芷草，
纫秋兰以为佩。	佩戴秋兰缀结成的系带。

汩余若将不及兮，	像担心追不上疾流一般，
恐年岁之不吾与。	怕岁月不再留给我时间。
朝搴阰之木兰兮，	清晨拔取坡上的木兰啊，

zōu（摄提贞于孟陬）
kuí（皇览揆余初度）
yù（汩余若将不及）
qiān pí（朝搴阰之木兰）

2

夕揽洲之宿莽。　　傍晚采摘水洲头的宿莽。

日月忽其不淹兮，　　日月匆匆永不停留，
　　春与秋其代序。　　四季轮回交相更替。
惟草木之零落兮，　　想到草木衰败凋零啊，
　　恐美人之迟暮。　　我唯恐美人青春逝去。

不抚壮而弃秽兮，　　何不趁着壮年摒弃恶行，
　　何不改乎此度？　　何不改变那不良的态度？
乘骐骥以驰骋兮，　　快骑上骏马自由奔驰啊，
　　来吾道夫先路！　　让我在前方来为你引路！

昔三后之纯粹兮，　　往日的三皇德行高尚，
　　固众芳之所在。　　自然能吸引芳贤聚集。
杂申椒与菌桂兮，　　汇集馨香的花椒和菌桂，
　　岂维纫夫蕙茝！　　怎能只缝纫蕙草和香茝！

彼尧舜之耿介兮，　　光大圣明的尧和舜啊，
　　既遵道而得路。　　已依循正途踏上大路。
何桀纣之昌披兮，　　夏桀商纣猖狂放纵啊，
　　夫唯捷径以窘步。　　只贪近图快寸步难行。

惟夫党人之偷乐兮，　　那党朋苟且偷生享乐，
　　路幽昧以险隘。　　前路昏暗不明又窄险。

岂余身之惮殃兮，　　难道我是怕自己遭殃吗？

恐皇舆之败绩！　　我是怕君王的车驾颠覆！

忽奔走以先后兮，　　急奔于君王的鞍前马后，

及前王之踵武。　　希望他能赶上先王脚步。

荃不察余之中情兮，　　而君王不明察我的衷情，

反信谗以齌怒。　　反而听信谗言勃然大怒。

余固知謇謇之为患兮，　　我明知直言会招惹灾祸，

忍而不能舍也。　　隐忍愁苦却不更改初衷。

指九天以为正兮，　　手指苍天来为我作证啊，

夫唯灵修之故也。　　这都是为了君王的缘故。

初既与余成言兮，　　当初既已与我订立誓约，

后悔遁而有他。　　后来却又反悔另有他求。

余既不难夫离别兮，　　我早已不畏惧君臣隔阂，

伤灵修之数化。　　只感伤于君王反复无常。

余既滋兰之九畹兮，　　我已培育了九畹兰花，

又树蕙之百亩。　　又栽植了百亩的蕙草。

畦留夷与揭车兮，　　留夷与揭车一畦畦播种，

杂杜衡与芳芷。　　中间夹杂着杜衡与芳芷。

冀枝叶之峻茂兮，　　希望它们都枝繁叶茂啊，

愿俟时乎吾将刈。 祈愿到那时我能来收获。

虽萎绝其亦何伤兮， 即便枯死又有何伤感呢，

哀众芳之芜秽。 只悲悯那香草已经污浊。

众皆竞进以贪婪兮， 众人都争相钻营名利，

凭不厌乎求索。 永不满足地孜孜以求。

羌内恕己以量人兮， 以自己的贪婪忖度他人，

各兴心而嫉妒。 各自兴起念头嫉妒丛生。

忽驰骛以追逐兮， 急切地奔走追名逐利啊，

非余心之所急。 这并不是我心中所求的。

老冉冉其将至兮， 人生暮年渐渐将要到来，

恐修名之不立。 我怕的是美名不能树立。

朝饮木兰之坠露兮， 晨饮木兰滴下的清露，

夕餐秋菊之落英。 晚食秋菊飘落的花瓣。

苟余情其信姱以练要兮， 只要我的情怀美好专一，

长顑颔亦何伤？ 经年憔悴又有什么感伤？

擥木根以结茝兮， 采摘木根来系结茝草，

贯薜荔之落蕊。 串起薜荔落下的花蕊。

矫菌桂以纫蕙兮， 搓软菌桂来缝缀蕙草，

索胡绳之纚纚。 捻胡绳为连绵的绳索。

离
骚

5

謇吾法夫前修兮，　　我竭力效法先辈的修洁，

　　非世俗之所服。　　这并非世人能够熟习的。

虽不周于今之人兮，　　即便不能迎合当世之人，

　　愿依彭咸之遗则。　　愿依从彭咸遗留的法则。

长太息以掩涕兮，　　长长地叹息掩面拭泪啊，

　　哀民生之多艰。　　哀叹这人生是多么艰难。

余虽好修姱以靰羁兮，　　只因爱好美德就受牵累，

　　謇朝谇而夕替。　　早上进谏到傍晚就丢官。

既替余以蕙纕兮，　　我丢官是因为佩戴香草，

　　又申之以揽茝。　　又加上我用茝草做配饰。

亦余心之所善兮，　　这些都是我心之所爱啊，

　　虽九死其犹未悔。　　哪怕死万次我也不后悔。

怨灵修之浩荡兮，　　怨只怨君王太过荒唐啊，

　　终不察夫民心。　　始终不明察我的忠心。

众女嫉余之蛾眉兮，　　众女子都嫉恨我的美貌，

　　谣诼谓余以善淫。　　造谣毁谤我善于淫逸。

固时俗之工巧兮，　　本来时俗就工于机巧啊，

　　偭规矩而改错。　　违反规矩又篡改措施，

背绳墨以追曲兮，　　背弃方直原则追求邪曲，

竞周容以为度。　　争相迎合讨好成了常法。

_{tún}　　　　_{chà chī}
忳郁邑余侘傺兮，　　忧烦郁结我失意又彷徨，
吾独穷困乎此时也。　偏偏在这时我独自潦倒。
_{kè}
宁溘死以流亡兮，　　宁愿忽然死去顺水漂流，
余不忍为此态也。　　我也不愿做出这副丑态。

_{zhì}
鸷鸟之不群兮，　　鹰隼不与凡鸟为群啊，
自前世而固然。　　自古以来就一直如此。
_{yuán}
何方圜之能周兮，　圆凿方枘如何相容啊，
夫孰异道而相安？　道不同谁能相安共处？

屈心而抑志兮，　　委屈本心压抑情志啊，
　忍尤而攘诟。　　容忍过错与耻辱诟骂。
伏清白以死直兮，　保持清白为正直而死啊，
　固前圣之所厚。　这才是先贤们看重的事

_{xiàng}
悔相道之不察兮，　后悔上路时不曾细看啊，
　延伫乎吾将反。　我久站凝望后准备回返。
回朕车以复路兮，　掉转车头重归正路啊，
　及行迷之未远。　趁着迷途还没行太远。

步余马于兰皋兮，　走马在长满兰草的水边，

驰椒丘且焉止息。　　跑到有椒林的山丘休息。

进不入以离尤兮，　　进言不纳却要承受责备，

退将复修吾初服。　　我隐退重穿最初的衣服。

制芰荷以为衣兮，　　裁制菱叶作为上衣，

　集芙蓉以为裳。　　聚集荷花作为下裳。

不吾知其亦已兮，　　没有人理解我就算了吧，

　苟余情其信芳。　　只要我内心高洁就无妨。

高余冠之岌岌兮，　　加高我的冠冕更显巍峨，

　长余佩之陆离。　　挑高我的佩剑更具光华。

芳与泽其杂糅兮，　　芳香与污垢混杂交错啊，

　唯昭质其犹未亏。　　只有清白的品格未缺损。

忽反顾以游目兮，　　忽然回首放眼眺望啊，

　将往观乎四荒。　　我要去观览四地八荒。

佩缤纷其繁饰兮，　　佩戴众多华美的饰物啊，

　芳菲菲其弥章。　　香气浓郁使其愈发显彰。

民生各有所乐兮，　　人生各有其所爱的事物，

　余独好修以为常。　　我偏爱修洁已习惯为常。

虽体解吾犹未变兮，　　即便体解我也不会改变，

　岂余心之可惩？　　难道我的心能够克制吗？

女婆之婵媛兮，　　　姐姐女婆心中牵挂啊，
　　　申申其詈予。　　　再三责备了我。
曰鲧婞直以亡身兮，　　说："鲧因为刚直忘身，
　　　终然夭乎羽之野。　最终被囚死在羽山郊野。

汝何博謇而好修兮，　　"你多么直言又爱修洁，
　　　纷独有此姱节？　　唯独你有众多美好品格！
薋菉葹以盈室兮，　　　屋子里长满了杂花野草，
　　　判独离而不服。　　你却与众不同不去佩戴。

众不可户说兮，　　　　"无法向众人遍说情怀，
　　　孰云察余之中情？　谁能察觉我们的衷情呢？
世并举而好朋兮，　　　世人都结党，唯你孤立，
　　　夫何茕独而不予听？为何连我的话都不听？"

依前圣以节中兮，　　　我依从先贤的公正标准，
　　　喟凭心而历兹。　　感慨满怀为何经历这般。
济沅湘以南征兮，　　　渡过沅水湘江向南行啊，
　　　就重华而陈词。　　面对着舜帝吐露真心。

启《九辩》与《九歌》兮，夏启带来《九辩》《九歌》，
　　　夏康娱以自纵。　　恣意寻欢作乐至于堕落。
不顾难以图后兮，　　　不顾念创业艰辛也不计后果，

离
骚

9

五子用失乎家巷。　　五个儿子因而内讧相争。

羿淫游以佚畋兮，　　后羿过于沉迷狩猎，
　又好射夫封狐。　　又喜爱射杀大狐狸。
固乱流其鲜终兮，　　本来放纵就难以善终啊，
　浞又贪夫厥家。　　寒浞夺权还占有其家室。

浇身被服强圉兮，　　过浇依仗有强大的武力，
　纵欲而不忍。　　放纵欲念而不能克制。
日康娱而自忘兮，　　整日寻欢作乐忘记自我，
　厥首用夫颠陨。　　他的首级因此掉落。

夏桀之常违兮，　　夏桀的行为与常理有违，
　乃遂焉而逢殃。　　于是最终遭受殃祸。
后辛之菹醢兮，　　纣王用刑把人剁成肉酱，
　殷宗用而不长。　　殷商因此不能久长。

汤禹俨而祗敬兮，　　商汤夏禹庄重而恭谨啊，
　周论道而莫差。　　周密实行仁政没出差错。
举贤而授能兮，　　选拔贤人并任命能者，
　循绳墨而不颇。　　遵守法则而不曾偏颇。

皇天无私阿兮，　　上天对谁都没有偏袒啊，

览民德焉错辅。　　视人之德行而安排辅佐。
夫维圣哲以茂行兮，　　只有圣明有德行的君主，
　　苟得用此下土。　　才能拥有天下的疆土。

　　瞻前而顾后兮，　　回顾历史又观看后世啊，
　　相观民之计极。　　考察人世间兴亡的规律。
夫孰非义而可用兮？　　哪个不义的人可以任用？
　　孰非善而可服？　　哪个不善的人能够信服？

diàn
阽余身而危死兮，　　置自身于危难濒临死亡，
　　览余初其犹未悔。　　静观我的初衷仍不后悔。
　　　　ruì
不量凿而正枘兮，　　不度量凿孔就确定榫头，
　　　zū hǎi
　　固前修以菹醢。　　正是先贤被处刑的原因。

zēng xū xī
曾歔欷余郁邑兮，　　几度悲伤啜泣我心忧愁，
　　哀朕时之不当。　　哀叹惋惜自己生不逢时。
揽茹蕙以掩涕兮，　　用柔软的蕙草掩面哭泣，
　　沾余襟之浪浪。　　泪水滚滚打湿我的衣襟。

跪敷衽以陈辞兮，　　解开衣襟跪着诉说衷肠，
耿吾既得此中正。　　我已通得正道豁然开朗。
　　qiú　　yì
驷玉虬以乘鹥兮，　　驾驶玉龙而乘坐凤车啊，
　kè
溘埃风余上征。　　忽乘着尘风我直上天空。

朝发轫于苍梧兮，　　清早驾车从苍梧出发啊，

　夕余至乎县圃。　　傍晚我就到了昆仑山顶。

欲少留此灵琐兮，　　想在这仙门前稍作停留，

　日忽忽其将暮。　　太阳倏忽落下暮色降临。

吾令羲和弭^{mǐ}节兮，　　我命令羲和驻车停留啊，

　望崦嵫^{yān zī}而勿迫。　　看到崦嵫山就不要着急。

路曼曼其修远兮，　　前路漫长而遥远啊，

　吾将上下而求索。　　我将上天入地寻求出路。

饮余马于咸池兮，　　让我的马儿在咸池饮水，

　总余辔^{pèi}乎扶桑。　　把缰绳系在扶桑神木上。

折若木以拂日兮，　　折下若木枝条拂拭落日，

　聊逍遥以相羊。　　姑且在这里自由地徜徉。

前望舒使先驱兮，　　让月神望舒在前面领路，

　后飞廉使奔属。　　派风神飞廉在后面跟随。

鸾凰为余先戒兮，　　鸾鸟凤凰为我开路警戒，

　雷师告余以未具。　　雷公却告诉我尚未备好。

吾令凤鸟飞腾兮，　　我下令让凤鸟腾空啊，

　继之以日夜。　　不停翱翔，日以继夜。

飘风屯其相离兮，　　使离散的旋风相聚集，

　帅云霓而来御。　　统帅着云霓前来迎接。

纷总总其离合兮，　　浩浩荡荡，时聚时散。

斑陆离其上下。　　光辉陆离，上下翻飞。

吾令帝阍开关兮，　　我叫天帝的守门人开门，

倚阊阖而望予。　　他却倚着天门冷眼望我。

时暧暧其将罢兮，　　正值天色昏暗日将西落，

结幽兰而延伫。　　只得编结幽兰长久伫立。

世溷浊而不分兮，　　世道污浊又良莠不分啊，

好蔽美而嫉妒。　　只会埋没贤才妄加嫉妒。

朝吾将济于白水兮，　　清晨我将渡过白水啊，

登阆风而绁马。　　登上阆风山系马停留。

忽反顾以流涕兮，　　忽然回首涕泗横流啊，

哀高丘之无女。　　哀叹高丘寻不到神女。

溘吾游此春宫兮，　　倏忽间我游览青帝神宫，

折琼枝以继佩。　　折下琼枝来修补配饰。

及荣华之未落兮，　　趁着这鲜花还没败落啊，

相下女之可诒。　　寻访可赠予芳花的女子。

吾令丰隆乘云兮，　　我叫丰隆驾起云霓啊，

求宓妃之所在。　　去寻找宓妃的居所。

解佩纕以结言兮，　　解下所佩香囊订立誓约。

离
骚

13

纷总总其离合兮，　　浩浩荡荡，时聚时散。

斑陆离其上下。　　光辉陆离，上下翻飞。

吾令帝阍（hūn）开关兮，　　我叫天帝的守门人开门，

倚阊阖（chāng hé）而望予。　　他却倚着天门冷眼望我。

时暧（ài）暧其将罢兮，　　正值天色昏暗日将西落，

结幽兰而延伫。　　只得编结幽兰长久伫立。

世溷（hùn）浊而不分兮，　　世道污浊又良莠不分啊，

好蔽美而嫉妒。　　只会埋没贤才妄加嫉妒。

朝吾将济于白水兮，　　清晨我将渡过白水啊，

登阆（làng）风而绁（xiè）马。　　登上阆风山系马停留。

忽反顾以流涕兮，　　忽然回首涕泗横流啊，

哀高丘之无女。　　哀叹高丘寻不到神女。

溘（kè）吾游此春宫兮，　　倏忽间我游览青帝神宫，

折琼枝以继佩。　　折下琼枝来修补配饰。

及荣华之未落兮，　　趁着这鲜花还没败落啊，

相（xiàng）下女之可诒（yí）。　　寻访可赠予芳花的女子。

吾令丰隆乘云兮，　　我叫丰隆驾起云霓啊，

求宓（fú）妃之所在。　　去寻找宓妃的居所。

解佩纕（xiāng）以结言兮，　　解下所佩香囊订立誓约。

离
骚

13

吾令蹇修以为理。 我让钟磬发声为我做媒。

纷总总其离合兮， 她心思纷乱若即若离啊，
忽纬𦈡其难迁。 忽变乖戾又难以改变。
夕归次于穷石兮， 晚上在穷石山留宿啊，
朝濯发乎洧盘。 早起在洧盘濯洗头发。

保厥美以骄傲兮， 依仗她的美貌心高气傲，
日康娱以淫游。 每日沉迷享乐四处游玩。
虽信美而无礼兮， 虽然美丽但不懂礼数啊，
来违弃而改求。 还是抛弃她另寻他求吧。

览相观于四极兮， 放眼看四方的边极啊，
周流乎天余乃下。 周游天际后我回到大地。
望瑶台之偃蹇兮， 遥望那高耸的瑶台啊，
见有娀之佚女。 见到了有娀氏美女简狄。

吾令鸩为媒兮， 我叫鸩鸟去为我做媒，
鸩告余以不好。 鸩鸟告诉我她并不美。
雄鸠之鸣逝兮， 雄鸠鸟高声叫唤着飞去，
余犹恶其佻巧。 我又讨厌它的轻佻巧佞。

心犹豫而狐疑兮， 我心中犹豫又满腹狐疑，

欲自适而不可。　　想亲自登门但不合礼数。

凤凰既受诒兮，　　凤凰已经送去聘礼啊，

恐高辛之先我。　　恐怕帝喾又早我一步。

欲远集而无所止兮，　我想去远方却无处落脚，

聊浮游以逍遥。　　姑且游荡在此徘徉。

及少康之未家兮，　趁着少康还未成家啊，

留有虞之二姚。　　有虞氏的二女也未嫁。

理弱而媒拙兮，　　我的媒人笨嘴拙舌啊，

恐导言之不固。　　恐怕无法将话传达清楚。

世溷浊而嫉贤兮，　世道污浊又嫉恨贤才，

好蔽美而称恶。　　总掩盖美德而称之为恶。

闺中既以邃远兮，　宫闱是如此深远啊，

哲王又不寤。　　　明君却怎么都不醒悟。

怀朕情而不发兮，　满怀的衷情无处抒发，

余焉能忍而与此终古？　我怎能忍恨了此终生？

索藑茅以筳篿兮，　取来茅草和竹片占卜啊，

命灵氛为余占之。　让灵氛来为我卜算。

曰："两美其必合兮，　他问："两美必然结合，

孰信修而慕之？　是谁有美德而令人倾慕？

"思九州之博大兮，　　　　　　"想这天下如此广大啊，
　　岂惟是其有女？"　　　　　　难道只有这里有美女？"
曰："勉远逝而无狐疑兮，　　　　他答："远去不要怀疑，
　　孰求美而释女？　　　　　　追求美的人谁会放开你？

"何所独无芳草兮，　　　　　　　"何处寻不到香草啊，
　　尔何怀乎故宇？"　　　　　　你又何必怀恋故居？"
世幽昧以眩曜兮，　　　　　　　　世道昏暗令人迷惑啊，
　　孰云察余之善恶？　　　　　　谁又能明察我心善恶？

民好恶其不同兮，　　　　　　　　人的好恶各有不同啊，
　　惟此党人其独异！　　　　　　只有那小人标新立异！
户服艾以盈要兮，　　　　　　　　个个将臭艾挂满腰间，
　　谓幽兰其不可佩。　　　　　　说什么幽兰不能佩戴。

览察草木其犹未得兮，　　　　　　草木的好坏都看不出来，
　　岂珵美之能当？　　　　　　　难道能估出玉石的品质？
　　　chéng
苏粪壤以充帏兮，　　　　　　　　拾取粪土填满香囊啊，
　　谓申椒其不芳。　　　　　　　说什么申椒毫无芬芳。

欲从灵氛之吉占兮，　　　　　　　我想听从灵氛的卜辞，
　　心犹豫而狐疑。　　　　　　　心中犹豫且怀疑彷徨。
巫咸将夕降兮，　　　　　　　　　巫咸傍晚时将要来临，
　　怀椒糈而要之。　　　　　　　我怀抱椒米前来迎接。
　　　xǔ

百神翳其备降兮，　　　众神遮天蔽日地降临啊，

　　九疑缤其并迎。　　九嶷山神也纷纷来迎候。

皇剡剡其扬灵兮，　　　巫咸光华闪烁显灵通啊，
yǎn

　　告余以吉故。　　告诉我历代的佳话。

曰："勉升降以上下兮，　他说："我上天入地啊，
yuē

　　求矩矱之所同。　　只为寻求君臣同心同德。

汤禹俨而求合兮，　　　商汤与夏禹求贤若渴啊，
gāo yáo

　　挚咎繇而能调。　　伊尹和皋陶才得遇知音。

"苟中情其好修兮，　　　"如果真心喜好修洁啊，

又何必用夫行媒？　　　又何必找那媒人说合？
yuè

说操筑于傅岩兮，　　　傅说在傅岩筑造土墙啊，

　　武丁用而不疑。　　武丁任用他毫无猜疑。

"吕望之鼓刀兮，　　　"吕尚挥刀当过屠夫啊，

遭周文而得举。　　　遇到周文王也得以重用。

宁戚之讴歌兮，　　　宁戚在喂牛时高歌啊，

齐桓闻以该辅。　　　齐桓公听到后请他辅政。

"及年岁之未晏兮，　　　"趁着年岁不算太老啊，

时亦犹其未央。　　　时机也还没有尽失。
tí jué

恐鹈鴃之先鸣兮，　　　唯恐杜鹃鸟先啼叫啊，

使夫百草为之不芳。"　让花草凋零不再芳香。"

　　　　　　jiǎn
何琼佩之偃蹇兮，　为什么琼佩如此高雅啊，
　　　ǎi
众薆然而蔽之。　众人却要将其隐藏遮蔽。

惟此党人之不谅兮，　只因这些小人不诚信啊，
恐嫉妒而折之。　恐怕会因嫉妒而折损它。

时缤纷其变易兮，　时代纷乱变幻莫测啊，
又何可以淹留？　又如何能长久停留呢？

兰芷变而不芳兮，　兰花芷草都变得不香，
荃蕙化而为茅。　荃和蕙都化成了茅草。

何昔日之芳草兮，　为什么往日的香草啊，
今直为此萧艾也？　如今竟成了臭艾呢？

岂其有他故兮，　难道还有其他原因吗，
莫好修之害也！　这都是不爱修洁的危害！

余以兰为可恃兮，　我原以为兰草可以依靠，
羌无实而容长；　其实却华而不实；

委厥美以从俗兮，　抛弃美德与世俗苟同啊，
苟得列乎众芳。　只求能位列于芳草之中。

　　　　tāo
椒专佞以慢慆兮，　椒专横谄媚又傲慢放肆，

楘^{shā}又欲充夫佩帏。　　楘也想混入来填充香囊。

既干进而务入兮，　　既然正汲汲营营地求取，

　　又何芳之能祗^{zhī}？　　又能吐露出什么芬芳？

固时俗之流从兮，　　本来世俗就随波逐流啊，

　　又孰能无变化？　　又有谁能坚定不移？

览椒兰其若兹兮，　　看椒与兰尚且如此，

　　又况揭车与江离？　　又何况揭车与江离？

惟兹佩之可贵兮，　　想到这琼佩如此宝贵啊，

　　委厥美而历兹。　　它的美质却遭抛弃至此。

芳菲菲而难亏兮，　　香气馥郁难以脏污，

　　芬至今犹未沬^{mèi}。　　芬芳至今未曾消散。

和调度以自娱兮，　　调节自我以求欢愉啊，

　　聊浮游而求女。　　姑且漫游去寻访美人。

及余饰之方壮兮，　　趁着我的佩饰正芳香，

　　周流观乎上下。　　在天地之间周游观赏。

灵氛既告余以吉占兮，　　灵氛既已告知我卜辞啊，

　　历吉日乎吾将行。　　选好吉日我就要起程。

折琼枝以为羞兮，　　攀折琼枝以作为珍馐啊，

　　精琼靡^{mí}以为粻^{zhāng}。　　精制玉屑来作为口粮。

19

为余驾飞龙兮，　　　　为我驾上飞腾的龙车啊，

杂瑶象以为车。　　　　用珠玉象牙来装饰车身。

何离心之可同兮？　　　离心离德怎么能同路呢？

吾将远逝以自疏。　　　我将远远离开自求疏离。

遭（zhān）吾道夫昆仑兮，　　掉转车头我将去昆仑啊，

路修远以周流。　　　　道路漫长我四处遨游。

扬云霓之晻（ǎn）蔼兮，　　扬起遮天蔽日的云旗啊，

鸣玉鸾之啾啾。　　　　玉制的銮铃鸣响啾啾。

朝发轫于天津兮，　　　清晨从天河渡口出发啊，

夕余至乎西极。　　　　傍晚我就能到达西方。

凤凰翼其承旂（qí）兮，　　凤凰羽翼承接着旗帜啊，

高翱翔之翼翼。　　　　高高飞翔，整齐有序。

忽吾行此流沙兮，　　　我前行至此忽遇流沙啊，

遵赤水而容与。　　　　沿着赤水徘徊不前。

麾蛟龙使梁津兮，　　　指挥蛟龙在渡口架浮桥，

诏西皇使涉予。　　　　号令西皇助我过江。

路修远以多艰兮，　　　道路遥远又多艰险啊，

腾众车使径待。　　　　传令众车在路上待命。

路不周以左转兮，　　　路过不周山就向左转啊，

指西海以为期。　遥指西海作为约定之地。

屯余车其千乘^{shèng}兮，　我聚集了数千车驾啊，

齐玉轪^{dài}而并驰。　让玉轮一起并驾齐驱。

驾八龙之婉婉兮，　驾八龙的车驾蜿蜒行驶，

载云旗之委蛇^{wēi yí}。　载着随风飘扬的云旗。

抑志而弭^{mǐ}节兮，　克制情绪，慢下车马。

神高驰之邈邈。　神情高昂，思绪飘远。

奏《九歌》而舞《韶》兮，　奏《九歌》舞起《韶》，

聊假日以婾^{yú}乐。　姑且借这时日极尽欢乐。

陟^{zhì}升皇之赫戏兮，　登临天宫光辉盛大啊，

忽临睨^{nì}夫旧乡。　忽然从高处瞥见故国。

仆夫悲余马怀兮，　车夫悲伤，马也怀恋，

蜷局顾而不行。　徘徊怀念，不肯向前。

乱曰：　尾声：

已矣哉！　算了吧！

国无人莫我知兮，　国内没有贤人了解我啊，

又何怀乎故都！　又何必要苦苦怀念故国！

既莫足与为美政兮，　既然没人能与我实施美政啊，

吾将从彭咸之所居！　我将要跟随彭咸到他的居所！

离骚

21

九　歌

屈原

【题解】

《九歌》原为楚地一组祭祀神祇的乐歌，屈原在流放沅湘时对其进行了再创作。

《九歌》虽言"九"之数，但共有十一篇：《东皇太一》《云中君》《湘君》《湘夫人》《大司命》《少司命》《东君》《河伯》《山鬼》《国殇》《礼魂》。除最后一篇《礼魂》为送神曲外，其余卜篇各祭一神，前九篇祭祀天地间各神祇，末一篇《国殇》祭祀人鬼。

《九歌》本是以娱神为目的的祭歌，但屈原将自己忧郁的情感与坚定的志向寄托其中，塑造出的艺术形象，表面上是神，实质上是人的神化，在感情的抒发和氛围的渲染上，既优美细腻，又典雅开阔，是文学创作和民间歌曲的完美结合。

东皇太一

【题解】

《东皇太一》是楚人祭祀最高天神的乐歌，居于《九歌》之首。

"东皇太一"是天神，历代注家皆无歧义，而它究竟是什么神，诸说不一。或认为通自"太乙"，本为神名；或认为生于道家思想，"道立于一，则一之又一曰太一"，指造物主；或认为来自于天极最明亮的星斗之名等。后逐渐引申、固化为天神上帝之专名。至于

"东皇"，一说朝东祭祀则为"东太一"，朝西即为"西太一"，中阳又则为"中太一"；一说为代指春神。

全篇铺叙祭礼仪式和群巫祭神的场面，抒发人对天神的虔诚与尊敬、欢迎与祈望。篇幅虽短，却层次清晰，描写生动，气氛热烈，语言既庄重又欢快，一改屈原忧郁愤懑的文风。

吉日兮辰良，	吉祥的日子啊好时光，
穆将愉兮上皇。	恭敬地愉悦您啊东皇。
抚长剑兮玉珥(ěr)，	手抚长剑啊玉石作珥，
璆锵(qiú)鸣兮琳琅。	佩玉相撞啊鸣声锵锵。

瑶席兮玉瑱(zhèn)，	玉案之上啊放着宝瑱，
盍(hé)将把兮琼芳。	还有成束的美丽香草。
蕙肴蒸兮兰藉，	蕙草包肴肉香兰垫底，
奠桂酒兮椒浆。	奉上桂椒酿制的酒浆。

扬枹(fú)兮拊(fǔ)鼓，	挥舞鼓槌啊轻敲鼓面，
疏缓节兮安歌，	舒缓节拍啊曼声歌唱，
陈竽瑟兮浩倡。	鸣奏竽瑟啊声调悠扬。

灵偃蹇(jiǎn)兮姣服，	巫者穿华服身姿婉丽，
芳菲菲兮满堂。	芳草馥郁啊弥漫殿堂。
五音纷兮繁会，	五音齐鸣啊乐声交响，
君欣欣兮乐康。	神君欣然啊欢乐安康。

云中君

楚辞

【题解】

"云中君"当指常出现在云中的神，具体所指说法不一。或说为云神丰隆，或说为雷电之神，或说为月神。

此篇《云中君》按韵可分为两章，每一章都是主祭之巫同扮演云中君之巫的对唱，从不同角度叙写了云中君优美的姿态与圣洁的神性，表现出楚人对云中君的尊敬和赞美，以及对云和雨的期待。整首诗华彩万芳，曲折细腻，委婉动人。

浴兰汤兮沐芳，	沐浴兰汤啊遍体生香，
华采衣兮若英。	身穿华服啊繁丽如花。
灵连蜷兮既留，	云中神灵啊芳姿流连，
烂昭昭兮未央。	光彩绚丽啊照耀久长。
jiǎn dàn	
蹇将憺兮寿宫，	神明啊将安居在寿堂，
与日月兮齐光。	光辉啊与日月同亮。
龙驾兮帝服，	驾驶龙车啊穿帝王袍，
聊翱游兮周章。	且飞翔啊周游四方。
灵皇皇兮既降，	神君降世啊灿烂辉煌，
biāo	
猋远举兮云中。	倏忽飘远又直上云霄。
览冀州兮有余，	俯瞰中原啊意犹未尽，
横四海兮焉穷。	纵横四海啊光耀无穷。
思夫君兮太息，	思念神君啊长长叹息，

极劳心兮忡忡。　　神思憔悴啊忧心忡忡。

湘君

【题解】

《湘君》与下篇《湘夫人》同是楚祭祀湘水之神的乐歌。

"湘君"和"湘夫人"是湘水的配偶神。楚地人民对湘水怀有崇敬之心，故将此情赋予传说中的二神身上。一说湘君指舜，湘夫人指舜之二妃娥皇、女英。传说舜帝南巡，死后葬于苍梧，二妃追至洞庭，投水而死，为湘水女神。

本篇应为扮演女神湘夫人的巫者独自演唱，表达男神湘君未能赴约，湘夫人产生的失望、怀疑、哀伤等复杂感情。全篇大量运用比兴手法和景物描写，写湘夫人为见面做准备、久候不至而去迎接、经历艰险仍未等到、追寻不得而又返回、不得相见怅然离去等场景，将湘夫人的情绪变化展现得淋漓尽致，文笔细腻，情韵悠长。

君不行兮夷犹， jiǎn	湘君迟疑啊终未赴约。
蹇谁留兮中洲？ miǎo	是谁让你驻留水中洲？
美要眇兮宜修，	打扮妥当啊姿容美好，
沛吾乘兮桂舟。	江水推动我乘的桂舟。
令沅湘兮无波，	让沅水湘江不起波涛，
使江水兮安流。	叫长江之水安缓前流。

望夫君兮未来，　　眺望湘君啊你没有来，

吹参差兮谁思？　　吹奏排箫啊有谁知晓？

驾飞龙兮北征，　　驾驭飞龙啊向北前行，

^{zhān}
邅吾道兮洞庭。　　转船头啊我取道洞庭。

^{bì}
薜荔柏兮蕙绸，　　薜荔为席啊蕙草为帐，

^{ráo}
荪桡兮兰旌。　　荪饰船桨啊兰草饰旌。

^{cén}
望涔阳兮极浦，　　遥望涔阳啊目及远浦，

横大江兮扬灵。　　横渡大江啊扬帆找寻。

扬灵兮未极，　　扬帆驾船也未能找寻，

女婵媛兮为余太息！　　侍女都忧愁为我叹息。

横流涕兮潺湲，　　涕泗横流啊泪水决堤，

^{fēi}
隐思君兮陫侧。　　暗中思念啊我心悲戚。

^{yì}
桂棹兮兰枻，　　桂木为桨啊兰作船舷，

^{zhuó}
斫冰兮积雪。　　劈冰斩雪啊把船行。

^{bì}
采薜荔兮水中，　　在水中啊采集薜荔，

^{qiān}
搴芙蓉兮木末。　　到树梢头啊摘取芙蓉。

心不同兮媒劳，　　不同心也是劳烦媒人，

恩不甚兮轻绝。　　恩情不深就容易断绝。

^{lài}
石濑兮浅浅，　　水击滩石啊急流向前，

飞龙兮翩翩。　　我的龙船啊飞渡翩翩。

交不忠兮怨长，　　不诚心相待怨恨长久，
期不信兮告余以不闲。　失约却告诉我没空闲。

朝骋骛兮江皋，　　清晨乘舟驰骋到江岸，
　 mǐ
夕弭节兮北渚。　　傍晚回返驻船在北洲。
鸟次兮屋上，　　　鸟儿栖息在屋顶之上，
水周兮堂下。　　　水啊环绕在厅堂四周。
捐余玦兮江中，　　我把玉玦抛弃在江里，
遗余佩兮澧浦。　　配饰丢弃在澧水之滨。

采芳洲兮杜若，　　采摘了芳洲边的杜若，
　　　 wèi
将以遗兮下女。　　准备啊将它送与侍女。
时不可兮再得，　　时光一去啊不复回返，
聊逍遥兮容与。　　暂且慢下脚步啊徜徉。

湘夫人

【题解】

《湘夫人》承接《湘君》的文意，应为扮演湘君的巫者独自演
唱，以湘君的口气表现男神湘君对女神湘夫人的怀恋。同样通过对
现实景物、假想景物和幻想境界的描写，表现湘君盼望与湘夫人相
见的迫切、对幸福生活的渴望和想象、期待落空后内心的惆怅等
心情。

《湘君》《湘夫人》相互平行对称，交错曲折的误会致使相爱之

人不能相见，表现出对纯真爱情的追求和对美好生活的向往，情感哀婉，文笔动人。传说中湘君和湘夫人的故事与舜帝和二妃的传说结合，以至于形成了"湘君"和"湘夫人"的文学意象，为后世的文学创作带来巨大影响。

帝子降兮北渚， miǎo 目眇眇兮愁予。	帝女湘夫人降临北洲， 眺望不见她我心惆怅。
袅袅兮秋风， 洞庭波兮木叶下。	萧瑟的秋风啊徐徐吹拂， 洞庭水波涌起树叶飘落。

fán 登白薠兮骋望， 与佳期兮夕张。 pín 鸟何萃兮蘋中？ zēng 罾何为兮木上？	踩着水草啊放眼远望， 为相会早已准备停当。 鸟儿为何汇集在水蘋？ 渔网为何会挂在树上？

沅有芷兮澧有兰， 思公子兮未敢言。 荒忽兮远望， 观流水兮潺湲。	沅水有芷草澧水生兰， 思念夫人啊不敢明言。 神思不安地向远眺望， 只见那江水缓缓流淌。

麋何食兮庭中？ 蛟何为兮水裔？ 朝驰余马兮江皋， shí 夕济兮西澨。	麋鹿为何在庭院吃草？ 蛟龙为何浮游浅水边？ 清晨我纵马在江边， 傍晚又渡河到西滨。

闻佳人兮召予，　　只要听闻夫人的召唤，
将腾驾兮偕逝。　　我将疾驰啊与其同去。

筑室兮水中，　　在水中筑起房屋，
qì
葺之兮荷盖。　　用荷叶来做屋顶。
荪壁兮紫坛，　　荪草作墙壁紫贝砌庭，
播芳椒兮成堂。　　用芳椒和泥来抹厅堂。
liáo
桂栋兮兰橑，　　桂木作大梁兰木作椽，
辛夷楣兮药房。　　辛夷为横梁白芷饰房。

bì
罔薜荔兮为帷，　　编结薜荔啊做帷帐，
pǐ　mián
擗蕙櫋兮既张。　　剖开蕙草挂在屋檐上。
白玉兮为镇，　　用白玉压住席垫，
疏石兰兮为芳。　　放置石兰让屋室芬芳。
qì
芷葺兮荷屋，　　用白芷荷叶盖好屋顶，
缭之兮杜衡。　　以杜衡环绕装饰周遭。

合百草兮实庭，　　汇集香草来布满庭院，
wǔ
建芳馨兮庑门。　　让门廊啊都变得芳香。
yí
九嶷缤兮并迎，　　九嶷山神啊纷纷迎接，
灵之来兮如云。　　神明降临啊聚集如云。

mèi
捐余袂兮江中，　　我把衣袖抛弃在江里，
dié
遗余褋兮澧浦。　　单衣丢弃在澧水之滨。

搴汀洲兮杜若，　摘取水汀生长的杜若，
_{qiān}
_{wèi}
将以遗兮远者。　准备送给远方的夫人。

时不可兮骤得，　时光一去啊不易再得，

聊逍遥兮容与。　暂且慢下脚步啊徜徉。

大司命

【题解】

大司命是楚地传说中掌管人类寿数与生死的天神。

《大司命》应为二人对唱的乐歌。一说由男巫饰大司命，女巫饰人间凡女，表现人神相爱的故事；一说由主巫饰大司命，另一巫饰恭迎大司命之小神或少司命，以人称的变化相区分，表现出大司命高高在上的庄严与自得，以及小神无尽的追求与向往。本篇取后一种解释。全篇表达了人对长寿、平安的无尽期待和追求，以及对生命有限的悲叹。

广开兮天门，　快打开那天宫的大门，

纷吾乘兮玄云。　我乘滚滚的乌云而来。

令飘风兮先驱，　命旋风在前面开路，
_{dōng}
使冻雨兮洒尘。　又令暴雨清洗灰尘。

君回翔兮以下，　司命盘旋飞翔而降临，

逾空桑兮从女。　我翻越空桑山追随您。

纷总总兮九州，　九州众多的百姓啊，

何寿夭兮在予！　　寿命都掌握在我手里！

高飞兮安翔，　　　高高飞起啊安稳翱翔，
乘清气兮御阴阳。　乘清明之气主掌阴阳。
吾与君兮齐速，　　我与司命恭敬前迎，
导帝之兮九坑。　　引天帝到九州之山脊。

灵衣兮<ruby>被<rt>pī</rt></ruby>被，　　神灵啊长衣飘飘，
玉佩兮陆离。　　　玉佩啊光彩炫目。
壹阴兮壹阳，　　　灵光忽隐忽现地闪烁，
众莫知兮余所为。　无人知晓是我的所为。

折疏麻兮瑶华，　　折下神麻的花朵瑶华，
将以遗兮离居。　　要送与将离去的神明。
老冉冉兮既极，　　暮年渐渐地来临了，
不寝<ruby>近<rt>jìn</rt></ruby>兮愈疏。　再不亲近就日益疏远。

乘龙兮辚辚，　　　驾乘龙车啊鸣声响，
高驰兮冲天。　　　高高飞驰冲破云天。
结桂枝兮延伫，　　编结桂枝啊长久伫立，
羌愈思兮愁人。　　越是思念越令人忧愁。

愁人兮奈何！　　　忧愁又怎么办呢！
愿若今兮无亏。　　只希望您现下安康。

固人命兮有当，　本来人之寿命就有限，

孰离合兮可为？　悲欢离合谁能操纵呢？

少司命

【题解】

少司命是楚地传说中掌管人类子嗣后代的天神。

《少司命》应同样为对唱的乐歌。由主巫饰少司命，另一巫与之对唱（或说饰大司命，或说饰与少司命相恋之人）。一方面使人物亲自剖白、倾吐内心；另一方面以他人所见来刻画少司命，展示出少司命温柔、多情，又忧心人民的形象。抒情与描写相结合，清新委婉，温柔深情，隐含着楚人对少司命的爱戴与亲近，以及对子嗣后代的渴盼之情。

秋兰兮麋芜，　秋兰和蘼芜一丛丛，

罗生兮堂下。　散布生长啊满堂前。

绿叶兮素枝，　绿的叶啊白的花，

芳菲菲兮袭予。　芳香弥漫直扑鼻。

夫人自有兮美子，　世人本有美好的儿女，

荪何以兮愁苦？　司命您又何必忧心？

秋兰兮青青，　秋兰啊无比茂盛，

绿叶兮紫茎。　绿的叶啊紫的根茎。

满堂兮美人，　满厅堂都是美好的人，

忽独与余兮目成。　　忽然只对我眉目传情。

入不言兮出不辞，　　来不言啊走不语，
乘回风兮载云旗。　　乘着旋风张起云旗。

悲莫悲兮生别离，　　无事比死生别离更悲哀，
乐莫乐兮新相知。　　无事比结识知己更快乐。

　　荷衣兮蕙带，　　荷花为衣啊蕙草系带，
倏而来兮忽而逝。　　来也快啊去也疾。
　　夕宿兮帝郊，　　夜宿在天帝郊野，
君谁须兮云之际？　　您在云边等着谁？

　　与女沐兮咸池，　　想与您啊在咸池沐浴，
晞女发兮阳之阿。　　在日出之谷晾干秀发。
　　望美人兮未来，　　远望您啊还没有归来，
临风怳兮浩歌。　　失意迎着风放声高歌。
　　　　huǎng

　　孔盖兮翠旌，　　孔雀翎车盖翠鸟羽旗，
登九天兮抚彗星。　　登上天宫啊掌握彗星。
竦长剑兮拥幼艾，　　手持长剑啊怀抱幼儿，
荪独宜兮为民正。　　只有您才配主宰百姓。

东君

【题解】

《东君》是楚人祭祀日神的乐歌。

全篇分三部分，开头十句由饰演东君的巫者演唱，写太阳从东方升起以及他流连故居的心情；中间八句叙写祭祀日神时载歌载舞的场面，表现了人们对日神的爱慕和期望；结尾六句仍由饰演东君的巫者演唱，是日神自述其西行时的义举，以及衣锦归乡的喜悦之情。各部分链接承转自然，表现出东君普照万物、保佑众生、铲奸除恶的英伟形象，表达了楚人对太阳神无尽的赞美和热爱之情。

tūn	
暾将出兮东方，	朝日将升起于东方，
照吾槛兮扶桑。	扶桑的光映照栏杆。
抚余马兮安驱，	轻拍我的马安缓前行，
jiǎo	
夜皎皎兮既明。	夜色变淡啊天已明亮。
zhōu	
驾龙辀兮乘雷，	驾驭龙车啊乘着雷霆，
wēi yí	
载云旗兮委蛇。	乘载着云旗迎风舒卷。
长太息兮将上，	长叹一声啊将入天际，
huí	
心低徊兮顾怀。	心中迟疑又怀念故居。
羌声色兮娱人，	声色之美啊令人愉悦，
dàn	
观者憺兮忘归。	观看的人都欣然忘返。
gēng	
緪瑟兮交鼓，	绷紧琴瑟啊敲对鼓，

萧 钟 兮 瑶 虡^{jù}。　　敲起钟来啊钟架晃。

鸣 籥^{chí} 兮 吹 竽，　　吹响竹籨啊奏竽笙，

思 灵 保 兮 贤 姱^{kuā}。　　想念神巫啊贤且美。

翾^{xuān} 飞 兮 翠 曾^{zēng}，　　轻柔飞舞啊猛一跃，

展 诗 兮 会 舞。　　吟唱诗歌啊跳起舞。

应 律 兮 合 节，　　应和音律与节拍啊，

灵 之 来 兮 蔽 日。　　神灵来时遮天蔽日。

青 云 衣 兮 白 霓 裳，　　青云作衣啊白霓作裳，

举 长 矢 兮 射 天 狼。　　举起长箭是刺射天狼。

操 余 弧 兮 反 沦 降，　　持着我的弓返回西方，

援 北 斗 兮 酌 桂 浆。　　拿起北斗星啊舀桂酒。

撰 余 辔^{pèi} 兮 高 驰 翔，　　握着缰绳我高高飞翔，

杳 冥 冥 兮 以 东 行。　　幽暗深远我又去东方。

河伯

【题解】

　　河伯为神话传说中的黄河之神，原称河神，河伯之名起源于战国。

　　《河伯》全篇叙说了与河伯一同欢会畅游的场面：遨游九河、登昆仑山、入龙宫、游河渚，最终依依惜别。古代黄河泛滥成灾，人们无力征服黄河，便采取祭祀的方法祈祷水患减少。这首乐歌正

是祭祀河神，求取安宁的体现。也有人认为本篇是写河伯与洛水女神的恋爱故事，但全篇并无吐露衷情之辞，更如君子之交，故不取此意。

"子交手兮东行，送美人兮南浦。"意境清丽迷蒙，开送别诗赋的先河。

与女游兮九河，	与你一同游览九河啊，
冲风起兮横波。	暴风骤起啊波涛翻涌。
乘水车兮荷盖， cān chī	以水为车啊荷叶作盖，
驾两龙兮骖螭。	二龙驾车啊螭在两旁。

登昆仑兮四望，	登上昆仑山眺望四方，
心飞扬兮浩荡。	心绪纷飞啊情怀激荡。

日将暮兮怅忘归， wù	天色欲晚失意忘回返，
惟极浦兮寤怀。	日夜思念那遥远水滨。

鱼鳞屋兮龙堂，	鱼鳞造屋啊龙鳞饰堂，
紫贝阙兮朱宫。	紫贝宫门啊珍珠宫殿。
灵何为兮水中？	神明您为何停在水中？

yuán 乘白鼋兮逐文鱼，	乘坐白鼋我追逐文鲤，
与女游兮河之渚，	和你同游在那河洲里，
流澌纷兮将来下。	冰河解冻啊顺流涌下。

子交手兮东行，　　你我携手啊向东前进，

送美人兮南浦。　　送你到那南方河岸边。

波滔滔兮来迎，　　波浪滔滔啊都来迎你，

鱼邻邻兮媵予。　　鱼儿众多啊向我道别。
ying

山鬼

【题解】

　　《山鬼》为楚人祭祀山神的乐歌，因非正神，故称"鬼"。"山鬼"一词较早出现在《史记·秦始皇本纪》，是为无人称道的小神。许多学者认为"山鬼"即山中女神，就是传说中的巫山神女瑶姬。

　　全篇应为扮演山神的女巫独唱，通过叙写山鬼的外貌与神态、乘车赴约的情景、不见爱人的内心活动，以及对各类自然景象的渲染，细致地展现出山鬼对美好爱情的向往和求之不得的忧伤。全篇将山川景色的自然美与人世间多情女子之美巧妙结合，把山鬼起伏不定的感情变化、千回百折的内心世界，与天地自然变化紧密交融，刻画巧妙、真实动人。

若有人兮山之阿，　　好像有个人啊在山窝，

被薜荔兮带女萝。　　身披薜荔啊腰系女萝。
bi

既含睇兮又宜笑，　　我含情脉脉面容带笑，
di

子慕予兮善窈窕。　　您爱慕我啊美好曼妙。

乘赤豹兮从文狸，　　驾驭赤豹跟从着狸猫，

辛夷车兮结桂旗。　　辛夷作车啊桂枝旗飘。

被石兰兮带杜衡，　　身披石兰啊佩戴杜衡，

折芳馨兮遗所思。　　摘取香花送思慕之人。

余处幽篁兮终不见天，　居幽竹深处我不见天，

路险难兮独后来。　　行路艰险我迟来姗姗。

表独立兮山之上，　　我与众不同独立山巅，

云容容兮而在下。　　脚下飘荡着邈邈云烟。

杳冥冥兮羌昼晦，　　昏暗无光啊白日似夜，

东风飘兮神灵雨。　　东风迅疾啊神明落雨。

留灵修兮憺忘归，　　挽留您让您乐而忘返，
　　　dàn

岁既晏兮孰华予？　　年老啊谁让我再青春？

采三秀兮于山间，　　我在山中啊采灵芝草，

石磊磊兮葛蔓蔓。　　山石叠垒啊藤蔓蜿蜒。

怨公子兮怅忘归，　　怨恨您啊惆怅忘返，

君思我兮不得闲。　　您却没空把我思念。

山中人兮芳杜若，　　山鬼我啊香如杜若，

饮石泉兮荫松柏。　　喝山泉啊松柏庇荫。

君思我兮然疑作。　　您的思念我半信半疑。

雷填填兮雨冥冥，　　雷声震天啊雨幕迷蒙，
　　　yòu

猿啾啾兮狖夜鸣。　　猿猴哀鸣啊昼夜不停。

风飒飒兮木萧萧，　秋风飒飒啊树叶飘落，

思公子兮徒离忧。　思念您让人徒增忧愁。

国殇

【题解】

从《东皇太一》到《山鬼》，九篇所祭的都是自然界中的神祇，唯独最后一篇《国殇》是楚人对为国牺牲的将士的祭歌。楚怀王时，楚国频繁与秦国交战，几乎每次都以失败告终，楚国将士死伤甚重，《国殇》正是为纪念他们所写。

全篇应为扮演将军的男巫演唱，描写了两军交战时楚国将士奋死抗敌的壮烈场面，表达对楚国将士为国捐躯的英雄精神的颂悼和礼赞，也借此抒发了屈原对故国强烈的热爱。本篇直赋其事，激昂慷慨，情感真挚，节奏鲜明，传达出一种刚健悲壮之美，是古今诗坛不朽的杰作。

操吴戈兮被犀甲，　手持吴戈啊穿犀牛甲，
车错毂^{gǔ}兮短兵接。　车轮交错啊刀剑拼杀。

旌蔽日兮敌若云，　旌旗遮天啊敌多如云，
矢交坠兮士争先。　飞箭错落啊士兵冲锋。
凌余阵兮躐^{liè}余行，　侵犯阵地啊冲破阵形，
左骖殪兮右刃伤。^{cān yì}　左旁马已死啊右马伤。

39

霾两轮兮絷四马，	车轮陷地啊战马系绊，
援玉枹兮击鸣鼓。	操持鼓槌啊鼓声震天。
天时怼兮威灵怒，	天地昏暗啊神明震怒，
严杀尽兮弃原野。	残酷杀戮啊尸抛战场。

（霾 zhí；枹 fú；怼 duì）

出不入兮往不反，	壮士出征啊不复回返，
平原忽兮路超远。	平野苍茫啊前路漫漫。

带长剑兮挟秦弓，	佩带长剑啊夹携秦弓，
首身离兮心不惩。	身首异处啊心不畏惧。
诚既勇兮又以武，	的确勇猛又武艺超群，
终刚强兮不可凌。	始终刚强啊不可欺凌。
身既死兮神以灵，	身躯虽死啊精神永生，
子魂魄兮为鬼雄。	你们的魂魄是鬼中英雄。

楚辞

礼魂

【题解】

《礼魂》是礼成送神之辞。"魂"，也就是神，它包括前十篇所祭祀的天地神祇和人鬼。

这是祭礼的最后一个环节，表示祭典的结束。由女巫领唱，男女青年随歌起舞，还要传花伴歌伴舞。场面恢宏，气氛热烈，节奏轻快，洋溢着欢乐之情，也表达了人们祈求神明永远保佑的美好愿望。

成礼兮会鼓，　　祭礼完成后鸣乐击鼓，

传芭兮代舞。　　传递香草啊依次起舞。

kuā
姱女倡兮容与。　　美女歌唱啊姿态悠然。

春兰兮秋菊，　　春日有兰啊秋日有菊，

长无绝兮终古。　　祭祀不绝啊流传千古。

天　问

屈原

【题解】

《天问》是屈原创作的一首长诗，被誉为"千古万古至奇之作"。

关于"天问"的创作缘起，有诸多说法：王逸《楚辞章句》有"呵壁问天"说；洪兴祖《楚辞补注》有问天自解说；王夫之《楚辞通释》有讽谏楚王说；姜亮夫《屈原赋校注》则说，"天问"是对历史中自然、人文等方面一切不可知之事的疑问。

《天问》共有三百七十余句，一千五百余字，提出一百七十余个问题，集中了屈原对自然、神鬼、历史、人事等各方面的思考，表现了屈原卓然非凡的学识和惊人的艺术才华，以及大胆疑古的无畏勇气与追求真理的探索精神。本篇探究宇宙，考察兴衰，饱含屈原对国家发展、人类命运的深刻关切。

全诗句式以四言为主，少用助词，节奏音韵自然协调。问问相连，内容奇绝，气势磅礴。虽然语言与词句不及《离骚》与《九歌》的浪漫绮丽，但其内容丰富纷繁，内涵发人深省，同样极具屈原的个人特色，在文学史上地位甚高。

《天问》因含有大量历史内容，向来以晦涩难懂著称，许多问题释义不同，也无定论，这里的译文仅做参考。

曰：　请问：

遂古之初，　　远古的初始情形，

谁传道之？　谁把它告知后人？

上下未形，　天地没有形成之时，

何由考之？　通过什么才能考寻？

méng
冥昭瞢暗，　天地迷蒙不分昏暗，

谁能极之？　谁能穷极探究？

píng
冯翼惟像，　混沌宇宙的无形之像，

何以识之？　凭借什么才能辨认？

明明暗暗，　天分昼夜，有明有暗，

惟时何为？　这又是什么原因？

阴阳三合，　阴阳交融而生万物，

何本何化？　什么是本源与派生？

yuán
圜则九重，　上天分为九层，

孰营度之？　谁为它测量的尺度？

惟兹何功，　这是多么大的工程，

孰初作之？　当初是谁来建成？

wò
斡维焉系，　拉动天轴的绳索在哪？

天极焉加？　天轴的顶端如何安放？

八柱何当，　八方的巨柱怎样擎天？

东南何亏？　东南地面又为何低陷？

九天之际，　　广阔九天的边缘，
安放安属^{zhǔ}？　哪里舒张又哪里相连？
隅隈^{yú wēi}多有，　众多的角落和弯曲处，
谁知其数？　　谁知晓它们的数量？

天何所沓？　　天地在哪里交汇？
十二焉分？　　十二黄道又如何划分？
日月安属？　　日月天体在哪里依附？
列星安陈？　　星辰又如何有序排列？

出自汤谷，　　太阳从汤谷升起，
次于蒙汜^{sì}。　在蒙汜边上歇息。
自明及晦，　　从天亮到黑暗，
所行几里？　　共行走了多少里？

夜光何德，　　月亮得了什么恩惠，
死则又育？　　可以缺而复圆？
厥利维何，　　那黑影又是什么，
而顾菟^{tù}在腹？　竟有玉兔在其中？

女歧无合，　　神女女歧未曾婚配，
夫焉取九子？　她怎么能有九个孩子？
伯强何处？　　风神伯强居住在何地？

楚
辞

44

惠气安在？　和畅之风从哪里吹来？

hé
何阖而晦？　为何关上天门就黑暗？

何开而明？　为何开启天门又是天明？

角宿未旦，　东方尚未日出之时，

曜灵安藏？　太阳又藏在什么地方？

gǔ
不任汩鸿，　鲧如果不能治理洪水，

师何以尚之？　众人为何推举他？

qiān
佥曰何忧，　他们都对尧说何必担忧，

何不课而行之？　但为何不先试验再施行？

chī
鸱龟曳衔，　让鸱鸟神龟牵引连接，

gǔn
鲧何听焉？　鲧又有哪里圣明呢？

顺欲成功，　治理川谷也有功劳，

帝何刑焉？　尧又为何要刑罚他呢？

è
永遏在羽山，　被永远囚禁在羽山，

夫何三年不施？　为什么多年没释放他？

gǔn
伯禹愎鲧，　禹从鲧的肚子里生出来，

夫何以变化？　怎么会有这样的变化？

zuǎn
纂就前绪，　继承了鲧的事业去治水，

遂成考功。　禹成就了父亲鲧的功绩。
何续初继业，　为何明明是子承父业，
而厥谋不同？　那方法却不尽相同？

洪泉极深，　洪水滚滚深不见底，
何以寘(tián)之？　禹用什么去填平它？
地方九则，　天下土地共有九等，
何以坟之？　禹用什么去区分呢？

河海应龙？　应龙的尾巴如何画地？
何尽何历？　江河如何疏通至海里？

鲧(gǔn)何所营？　鲧谋划了什么？
禹何所成？　禹成就了什么？
康回冯(píng)怒，　共工一怒之下，
地何故以东南倾？　为什么让地朝东南倾斜？

九州安错？　九州如何安置？
川谷何洿(wū)？　河谷如何挖出？
东流不溢，　河水东流而永不溢出，
孰知其故？　谁知道这其中的缘故？

东西南北，　东西与南北两向相比，
其修孰多？　哪一边距离更长？

南北顺梢，　南北更加狭长些，
其衍几何？　又比东西长多少呢？

昆仑县圃，　昆仑山上的悬圃，
其尻安在？　它究竟坐落在何地？
　jū
增城九重，　九层的增城也在山顶，
其高几里？　它又高多少里？

四方之门，　昆仑山四面的大门，
其谁从焉？　谁由此经过？
西北辟启，　西北边的大门敞开，
何气通焉？　什么风从这里通过？

日安不到？　太阳有哪里照不到？
烛龙何照？　烛龙又能照亮何处？

羲和之未扬，　羲和未扬鞭日未出，
若华何光？　若木之花如何放光？

何所冬暖？　什么地方冬天温暖？
何所夏寒？　什么地方夏日严寒？
焉有石林？　哪里有石林？
何兽能言？　什么野兽能说话？

焉有龙虬，　　哪里有无角的虬龙，
负熊以游？　　能背着熊在水里游？

雄虺九首，　　大毒蛇有九个头，
倏忽焉在？　　迅疾游走跑到了哪里？
何所不死？　　哪里可以长生不老？
长人何守？　　长寿者又为何长寿？

靡蓱九衢，　　漂流的浮萍交错枝叶，
枲华安居？　　与枲麻之花一同长在哪？
灵蛇吞象，　　灵蛇可以把大象吞下，
厥大何如？　　那它得像什么一样大？

黑水玄趾，　　传说中的黑水、玄趾，
三危安在？　　以及三危山坐落何处？
延年不死，　　若延年益寿得以永存，
寿何所止？　　那寿命将会如何终止？

鲮鱼何所？　　传说的鲮鱼在何处安居？
鬿堆焉处？　　怪鸟鬿雀又生活在哪里？
羿焉彃日？　　羿为什么要射日，
乌焉解羽？　　让金乌鸟落羽而死？

禹之力献功，　　禹勤勉治水立下功劳，
降省下土四方。　　到天下各地降临巡查。
焉得彼涂山女，　　如何得到那涂山女子，
而通之于台桑？　　和她相会在台桑？

闵妃匹合，　　　　禹和那涂山女成了婚配，
厥身是继。　　　　他因此育有了后代启。
胡为嗜不同味，　　为什么爱好情志不同，
而快朝饱？　　　　却贪图于一时的满足？

启代益作后，　　　启取代益成了国君，
卒然离蠥。　　　　却突然遭遇了麻烦。
何启惟忧，　　　　为何启在遭难之时，
而能拘是达？　　　却能免于牢狱之灾？

皆归射鞠，　　　　交战时箭如雨下，
而无害厥躬。　　　启却没有受到伤害。
何后益作革，　　　为何益被免国君之位，
而禹播降？　　　　而禹却能后代昌盛？

启棘宾商，　　　　启迫切地敬神祭天，
《九辩》《九歌》。　求《九辩》《九歌》。
何勤子屠母，　　　为何贤明却杀了母亲，
而死分竟地？　　　让她的尸骨分散各地？

49

帝降夷羿，　　　　　天帝征召羿降世，
革孽夏民。　　　　　是叫他为夏民除害。
胡射夫河伯，　　　　为何射瞎河伯，
而妻彼雒嫔？　　　　又娶了他的妻子洛神？

冯珧利决，　　　　　借助甲贝装饰的强弓，
封豨是射。　　　　　射杀硕大的野猪。
何献蒸肉之膏，　　　为何供奉了肥美的祭肉，
而后帝不若？　　　　天帝却不保佑他呢？

浞娶纯狐，　　　　　寒浞娶了羿的妻子纯狐，
眩妻爰谋。　　　　　迷惑纯狐设计谋害羿。
何羿之射革，　　　　为何羿的箭能穿透革，
而交吞揆之？　　　　却被这二人合伙消灭？

阻穷西征，　　　　　鲧向西方艰难进发，
岩何越焉？　　　　　巨石阻挡如何能越过？
化为黄熊，　　　　　死后化身为黄熊，
巫何活焉？　　　　　神巫又怎能救活他？

咸播秬黍，　　　　　鲧遍地播种黑黍，
莆藋是营。　　　　　原本莆藋杂草在此生根。
何由并投，　　　　　为什么同样是被流放，

而鲧疾修盈？　只有鲧的罪孽深重？

白蜺婴茀，　白霓衣裙翩翩蜿蜒，

胡为此堂？　嫦娥为何如此盛装？

安得夫良药，　为何得了不死之药，

不能固臧？　却不能好好地收藏？

天式从横，　自然法则即是生死消长，

阳离爰死。　阳气离去就会死亡。

大鸟何鸣，　为何王子侨化鸟而啼叫，

夫焉丧厥体？　他的躯体又是如何丧失？

蓱号起雨，　雨神蓱翳呼风唤雨，

何以兴之？　这是如何做到的呢？

撰体协胁，　鹿身风神温和多情，

鹿何膺之？　兴云起雨如何响应？

鳌戴山抃，　巨鳌驮山踏歌起舞，

何以安之？　怎么能让山安稳的呢？

释舟陵行，　放船在陆地上前行，

何之迁之？　怎么能让船移动的呢？

惟浇在户，　力大无穷的过浇在家时，

何求于嫂？　什么事要求助他的嫂子？

何少康逐犬，　为什么少康追逐猎犬，

而颠陨厥首？　就能将过浇的首级砍下？

女歧缝裳，　女歧为过浇缝补下衣，

而馆同爰止。　却与其同屋而居。
yuán

何颠易厥首，　怎么能砍错了脑袋，

而亲以逢殆？　使得女歧惨遭横死？

汤谋易旅，　少康谋划整顿军队，

何以厚之？　什么使其受到推崇？

覆舟斟寻，　过浇曾讨伐倾覆斟寻国，

何道取之？　少康用什么方法取胜？

桀伐蒙山，　夏桀征讨蒙山，

何所得焉？　他得到了什么？
_mò xī_

妺嬉何肆，　妺嬉有什么恣肆，
_jí_

汤何殛焉？　商汤要将她流放？

舜闵在家，　舜因为成亲之事忧虑，
guān

父何以鳏？　父母为何让他独身？

尧不姚告，　尧不告诉舜之父瞽叟，

二女何亲？　怎么让娥皇女英和舜成亲？

厥萌在初，　　　舜最初为平民时，

何所亿焉？　　　怎能预料到后来称皇？

璜台十成，　　　十层王权的玉台，

谁所极焉？　　　谁能登峰造极？

登立为帝，　　　舜登基为帝，

孰道尚之？　　　是谁引导他上位？

女娲有体，　　　女娲自己的形体，

孰制匠之？　　　又是谁创造出来的呢？

舜服厥弟，　　　舜爱护他的弟弟象，

终然为害。　　　却还是遭象所谋害。

何肆犬豕，　　　猪狗小人如此放纵，

而厥身不危败？　为何自身却不受危害？

吴获迄古，　　　吴国得以从远古立足，

南岳是止。　　　在南岳一带存身。

孰期去斯，　　　谁能料到会是这样，

得两男子？　　　只因有泰伯仲雍二贤？

缘鹄饰玉，　　　伊尹用精美餐具烹制，

后帝是飨。　　　使商汤得以享用美食。
　xiǎng

何承谋夏桀，　　为什么帮助夏桀谋划，

终以灭丧？　　　最终却使夏灭亡？

帝乃降观，　商汤四处巡视，

下逢伊挚。　在民间遇到伊尹。

何条放致罚，　流放夏桀到鸣条受罚，

而黎服大说？　为什么百姓都很喜悦？

简狄在台，　简狄在那高高的瑶台，
　　kù
喾何宜？　帝喾为什么祭祀地神？
　　yi
玄鸟致贻，　燕子送来蛋作礼物，

女何喜？　简狄为何吃了便怀孕？

该秉季德，　王亥秉承王季美德，

厥父是臧。　像他父亲一样善良。

胡终弊于有扈，　为什么最终困在有易，

牧夫牛羊？　牧牛放羊？

干协时舞，　王亥拿着盾起舞，

何以怀之？　他用什么去引诱姑娘？

平胁曼肤，　有易氏姑娘身娇肤润，

何以肥之？　是什么让她如此丰满？

有扈牧竖，　一是美女一是牧人，

云何而逢？　为什么能够相逢？

击床先出，　有易氏击杀王亥在床，

其命何从？　王亥的命运又将如何？

楚
辞

恒秉季德，　　　王恒也秉承王季美德，

焉得夫朴牛？　　哪里得到拉车的大牛？

何往营班禄，　　为何去求取功名利禄，

不但还来？　　　不曾得到就回来了？

昏微遵迹，　　　上甲微遵循先人道路，

有狄不宁。　　　使有易不得安宁。

何繁鸟萃棘，　　为何晚年荒淫无度，

负子肆情？　　　尽做放纵之事？

眩弟并淫，　　　弟弟王恒也荒唐淫乱，

危害厥兄。　　　因此危害了兄长王亥。

何变化以作诈，　为何篡夺王位诡计多端，

而后嗣逢长？　　他的后代却绵延昌盛？

成汤东巡，　　　成汤向东方巡视，

有莘爰极。　　　直到有莘国为止。
yuán

何乞彼小臣，　　为什么想得到小臣伊尹，

而吉妃是得？　　却娶到了美丽的姑娘？

水滨之木，　　　在水边的空心树里，

得彼小子。　　　有莘氏得到小儿伊尹。

夫何恶之，　　　为什么又会厌恶他，
ying

媵有莘之妇？　　让他做有莘新妇的陪嫁？

55

汤出重泉， 汤被关入又放出重泉，

夫何罪尤？ 是有什么罪过？

不胜心伐帝， 本无心讨伐夏桀，

夫谁使挑之？ 又是谁把他挑拨？

会朝争盟， 诸侯相会时争相盟誓，

何践吾期？ 如何履行定下的约期？

苍鸟群飞， 将士像苍鹰一样多，

孰使萃之？ 是谁把他们召集？

列击纣躬， 武王痛击纣王尸身，

叔旦不嘉。 周公旦并不赞许。

何亲揆^{kuí}发 为何亲自为武王谋划，

定周之命以咨嗟？ 安定了周朝却要叹息？

授殷天下， 天帝将天下授予殷朝，

其位安施？ 帝位怎么又会变更？

反成乃亡， 先成就殷朝又使其灭亡，

其罪伊何？ 他们犯了什么罪过？

争遣伐器， 争相派遣军队讨伐，

何以行之？ 要怎么安排布阵呢？

并驱击翼， 一同驱兵攻其两翼，

何以将之？ 要怎么带领士兵呢？

昭后成游，　　周昭王盛兵巡游，
　　　　yuán
南土爰底。　　直到南方的土地为止。

厥利惟何，　　他要图什么利益呢，

逢彼白雉？　　难道是想遇到白野鸡？

　　　měi
穆王巧梅，　　周穆王巧谋善图，

夫何为周流？　为什么要四处周游？

环理天下，　　在天下环游，

夫何索求？　　又是要追求什么？
　　　xuán
妖夫曳衒，　　妖人相携沿街叫卖，

何号于市？　　为什么要在集市吆喝？

周幽谁诛？　　周幽王要杀掉谁？
　　bāo sì
焉得夫褒姒？　又是怎么得到褒姒？

天命反侧，　　天命反复无常，

何罚何佑？　　惩罚什么，保佑什么？

齐桓九会，　　齐桓公为周朝九会诸侯，

卒然身杀。　　最后还是那样身死。

彼王纣之躬，　说到那个纣王，

孰使乱惑？　　是谁使他昏庸不堪？

何恶辅弼，　　为什么厌恶忠心之臣，

谗谄是服？　　却任用那些奸佞小人？

比干何逆，　　比干有什么违逆的，

而抑沉之？　　就这样被压抑埋没？

雷开何顺，　　雷开那样阿谀顺服，

而赐封之？　　却得到赏赐封官？

何圣人之一德，　为什么圣人德行如一，

卒其异方：　　　结局却各有不同：

梅伯受醢，　　　梅伯受刑被剁成肉酱，

箕子详狂？　　　箕子装疯卖傻？

稷维元子，　　　稷是帝喾的嫡长子，

帝何竺之？　　　帝喾为什么憎恶他？

投之于冰上，　　把稷丢弃在寒冰上，

鸟何燠之？　　　鸟为什么展翅温暖他？

何冯弓挟矢，　稷为什么能持弓拿箭，

殊能将之？　　还很善于领兵打仗呢？

既惊帝切激，　既然他让天帝震惊，

何逢长之？　　为什么他的子嗣绵长？

伯昌号衰，　　　　西伯姬昌在衰世中发声，

秉鞭作牧。　　　　执鞭坐镇一方。

何令彻彼岐社，　　姬发为何毁弃了宗社，

命有殷国？　　　　命中却得到殷朝疆土？

迁藏就岐，　　　先祖携宝藏迁至岐山，
　　何能依？　　　为什么百姓会跟从？
殷有惑妇，　　　纣王被妲己所迷惑，
　　何所讥？　　　哪里还会有进谏呢？

hǎi
受赐兹醢，　　　纣赐给他亲儿子的肉泥，
西伯上告。　　　文王向上苍控告。
何亲就上帝罚，　为何纣王受到天帝惩罚，
殷之命以不救？　殷国寿数仍难以挽救？

师望在肆，　　　姜太公曾栖身市井，
　　昌何识？　　　姬昌如何与他相识？
鼓刀扬声，　　　舞起刀来大声吆喝，
　　后何喜？　　　文王怎么会喜欢呢？

武发杀殷，　　　武王姬发击杀纣王，
yi
　　何所悒？　　　他为什么愤恨不安？
载尸集战，　　　载着父亲的灵位出战，
　　何所急？　　　又为什么如此着急？

伯林雉经，　　　传说纣王自缢而死，
维其何故？　　　这又是什么缘故？
何感天抑地，　　为什么他会感叹天地，
夫谁畏惧？　　　难道他还有所畏惧？

59

皇天集命，　　天帝既将命数赐给殷，

惟何戒之？　　为何有后人去讨伐？

受礼天下，　　纣王治理天下，

又使至代之？　又为何被周人取代？

初汤臣挚，　　当初任命伊尹做个小官，

后兹承辅。　　后来辅佐成汤。

何卒官汤，　　为何最终做了成汤宰相，

尊食宗绪？　　尊享宗庙祭祀？

勋阖梦生，　　阖闾是吴王寿梦的后人，
hé

少离散亡。　　少时流离逃亡，

何壮武厉，　　为何壮年时勇猛狠厉，

能流厥严？　　能让他的威名远播？

彭铿斟雉，　　彭祖善于烹制野鸡汤，

帝何飨？　　　尧帝为何喜欢享用？

受寿永多，　　得到了这么长的寿命，

夫何久长？　　为什么久久怅惘呢？

中央共牧，　　周公召公共理周朝，

后何怒？　　　厉王有什么可发怒？

蜂蛾微命，　　黎民百姓命数卑微，

力何固？　　　为何力量却强大稳固？

惊女采薇，　　惊于伯夷叔齐采薇时，
　鹿何祐？　　为何能得神鹿保佑？
北至回水，　　二人向北行至首阳山，
　萃何喜？　　停下来为什么而欢喜？

兄有噬犬，　　秦景公有一烈犬，
　弟何欲？　　弟弟子针为何想拥有？
易之以百两，　他想用百辆车驾交换，
　卒无禄？　　为何最终爵禄都丢掉？

薄暮雷电，　　傍晚时雷电交加，
　归何忧？　　回去时有何忧虑？
厥严不奉，　　楚国威严不能保持，
　帝何求？　　能向天帝祈求什么呢？

伏匿穴处，　　我隐匿在山林洞穴中，
　爰何云？　　又能够说些什么呢？
　yuán
荆勋作师，　　楚王穷兵黩武，
　夫何长？　　这样怎么能长久？

悟过改更，　　如果能够悔过痛改，
我又何言？　　我又何必再说什么？
吴光争国，　　吴王阖闾与我国相争，

久余是胜。　　多年来一直胜利。

何环闾穿社，　　为何穿过乡村社庙，
　以及丘陵，　　来到丘陵山上，
是淫是荡，　　　与邡女私通苟且，
爰出子文？　　　能够生下贤明的子文？
yuán

吾告堵敖以不长。　我说堵敖不会久长。
　何试上自予，　　为何成王弑兄自立，
忠名弥彰？　　　　忠诚之名更加远扬？

九　章

屈原

【题解】

《九章》指的是屈原在不同时期创作的九篇不同主题作品的合称，分别为：《惜诵》《涉江》《哀郢》《抽思》《怀沙》《思美人》《惜往日》《橘颂》《悲回风》。此九篇作品在最初的流传中应是单篇出现的，后人集为《九章》。

关于《九章》的创作时间及创作地点，有同时同地和异时异地两种说法，本书取后者。此九篇的创作次序，《惜诵》应为最早，与《离骚》同时期；其次为《抽思》与《思美人》，应为屈原谪居汉北时作；其次为《涉江》《哀郢》，应为屈原被流放江南时作；再次为《悲回风》《怀沙》《惜往日》，应为屈原自沉汨罗江前不久所作，其中《惜往日》常被看作是屈原的绝命辞。《橘颂》或为屈原早年之作。这里收录的顺序依王逸《楚辞章句》。

惜诵

【题解】

《惜诵》因首句"惜诵以致愍兮"而得名。"惜诵"二字有多解，或言贪求忠信而作论，或言爱怜君主而陈言，或言痛惜过往而进谏。大致意思应为痛惜因直言进谏而遭受谗言的自己。

《惜诵》写作时间应为楚怀王时期屈原刚被君王疏远之时，记叙了屈原在政治上遭遇打击而被疏远的痛苦心情，表达了自己高洁傲岸的情操。语言真挚朴素，描绘了屈原的意志活动和感情冲突，颇具浪漫主义色彩。其文与《离骚》创作时间、内容、行文风格皆近，被称为"小离骚"。

惜诵以致愍兮，　　我借进言来表达忧闷啊，

发愤以抒情。　　　发泄愤懑来抒写衷情。

所作忠而言之兮，　如果不信我真诚的心声，

指苍天以为正。　　我愿意手指苍天作证。

令五帝以柝中兮，　叫五方天帝来判断啊，

戒六神与向服。　　告请六宗之神来明鉴。

俾山川以备御兮，　使山河神祇来陪审啊，

命咎繇使听直。　　让法官皋陶听我直言。

竭忠诚以事君兮，　我竭尽忠诚侍奉君王啊，

反离群而赘肬。　　反而被排挤出人群。

忘儇媚以背众兮，　不懂谄媚与世俗相违啊，

待明君其知之。　　期待明君能体察忠心。

言与行其可迹兮，　语言和行为都有迹可循，

情与貌其不变。　　内心与外貌都不会改变。

故相臣莫若君兮，　所以知臣子莫过于君王，

所以证之不远。　　所佐证的都近在眼前。

吾谊先君而后身兮，　我主张先君主而后自己，
　羌众人之所仇。　　而这正是众人所仇视的。
专惟君而无他兮，　　只思虑君王不作他想啊，
　又众兆之所雠。　　又成了所有人的眼中钉。

壹心而不豫兮，　　　一心一意从不犹豫啊，
　羌不可保也。　　　竟让我自身难保。
疾亲君而无他兮，　　极力亲近君王没有异心，
　有招祸之道也。　　又是招来祸患的途径。

思君其莫我忠兮，　　为君王着想谁有我忠心，
　忽忘身之贱贫。　　都忘记我自己地位低贱。
事君而不贰兮，　　　侍奉君王从无二心啊，
　迷不知宠之门。　　但迷惑不知得宠的窍门。

忠何罪以遇罚兮，　　忠诚有何罪过要遭责罚，
　亦非余心之所志。　这并不是我能够意会的。
行不群以巅越兮，　　因行为与众不同而跌跤，
　　　hāi
　又众兆之所咍。　　又被众人所耻笑。

纷逢尤以离谤兮，　　遭到各种责骂和毁谤啊，
　　jiǎn
　謇不可释。　　　　我的忠直不能解说。

65

情沉抑而不达兮，　　　　情绪压抑而无法表达啊，

　　又蔽而莫之白。　　　　　又被阻塞言路不能辩白。

　　　　　chà chì
　　心郁邑余佗傺兮，　　　　心中忧郁我左右徘徊啊，

　　又莫察余之中情。　　　　没有人了解我的衷情。
　　　　　yí
　　固烦言不可结诒兮，　　　话语琐碎不能聚结传达，

　　愿陈志而无路。　　　　　想坦诚心迹却没有出口。

　　退静默而莫余知兮，　　　隐退缄默没人理解我啊，

　　进号呼又莫吾闻。　　　　前进呼喊又没人肯听。
　　　　chà chì
　　申佗傺之烦惑兮，　　　　累积的忧愁萦绕着我啊，
　　　mào　tún
　　中闷瞀之忳忳。　　　　　心烦意乱，忧虑重重。

　　昔余梦登天兮，　　　　　我曾梦到自己登临天宫，

　　魂中道而无杭。　　　　　魂魄在半路失去方向。

　　吾使厉神占之兮，　　　　我向厉神占卜前途啊，

　　曰有志极而无旁。　　　　说我心怀志向却无人帮。

　　终危独以离异兮，　　　　最终我会孤立无援啊，

　　曰君可思而不可恃。　　　君王能思慕不能仰仗。
　　　　　shuò
　　故众口其铄金兮，　　　　众口谗言能熔化金子啊，

　　初若是而逢殆。　　　　　当初你靠君王遭受祸殃。

惩于羹者而吹齑^{jī}兮，　　被汤烫过吃凉菜也要吹，

何不变此志也？　　为何不改变忠直的志向？

欲释阶而登天兮，　　想不用台阶就一步升天，

犹有曩^{nǎng}之态也。　　可你还是往日的模样。

众骇遽^{jù}以离心兮，　　众人惊慌都与你离心，

又何以为此伴也？　　又怎么会把你当成同伴？

同极而异路兮，　　同样事君而道路不同啊，

又何以为此援也？　　又怎么会出手援助你呢？

晋申生之孝子兮，　　晋国申生那样的孝子，

父信谗而不好。　　父亲听信谗言不喜欢他。

行婞^{xìng}直而不豫兮，　　行为刚直而不犹豫，

鲧^{gǔn}功用而不就。　　鲧就是这样才不成功。

吾闻作忠以造怨兮，　　我听说忠诚会招来怨恨，

忽谓之过言。　　却忽视了，以为是夸张。

九折臂而成医兮，　　多断几次胳膊就成良医，

吾至今而知其信然。　　我至今才知道确实如此。

矰弋^{zēng yì}机而在上兮，　　装好短箭对着天空啊，

罻^{wèi}罗张而在下。　　张开网来接在下方。

设张辟以娱君兮，　　设了圈套来取悦君王啊，

愿侧身而无所。　　想要躲藏却没有地方。

欲僝僽以干傺兮，　　想徘徊等待时机求仕啊，
恐重患而离尤。　　　又怕再次犯错遭受灾祸。

欲高飞而远集兮，　　想远走高飞到远方定居，
君罔谓女何之？　　　君王不会问我去何方吧？

欲横奔而失路兮，　　想要快步逃离迷失正路，
坚志而不忍。　　　　但志向坚定又不忍变心。
背膺牉以交痛兮，　　前胸后背像裂开般疼痛，
心郁结而纡轸。　　　心中郁结，委屈隐痛。

捣木兰以矫蕙兮，　　捣碎木兰，揉搓蕙草，
凿申椒以为粮。　　　舂好申椒来作为粮食。
播江离与滋菊兮，　　播种江离，培育菊花。
愿春日以为糇芳。　　盼春天能作芬芳的干粮。

恐情质之不信兮，　　恐怕内心本性无人相信，
故重著以自明。　　　所以再三书写表明自身。
矫兹媚以私处兮，　　把玩香草我隐居自处啊，
愿曾思而远身。　　　希望深思熟虑远离祸患。

涉江

【题解】

《涉江》应为楚顷襄王时屈原被远逐江南之际的作品。

全文先阐述涉江原因，即自己高尚的理想和现实的矛盾，随后写渡江途中所见所闻，以及进入溆浦最终独处深山的经历。其中穿插了即景所感，以及历史中忠义之士的遭遇，借景与史来表明自己的抱负，抒发了对现实的无奈。

文中有一大段纪行文字，描绘沅水流域的山川景物。本篇是中国最早的一首纪行诗歌，对后世的诗歌创作产生了深刻影响。景物描写和情感抒发有机结合，比喻、象征运用娴熟，充分表达了屈原对当时黑暗社会的切身感受。

余幼好此奇服兮，	我从小就爱这奇特服装，
年既老而不衰。	年纪变老喜爱也没衰减。
带长铗之陆离兮，	佩着长长的宝剑啊，
冠切云之崔嵬。	戴着巍峨入云的发冠。
被明月兮珮宝璐。	身戴明珠又腰佩美玉。
世溷浊而莫余知兮，	世间污浊没人了解我啊，
吾方高驰而不顾。	我正高高飞驰不再回头。
驾青虬兮骖白螭，	驾着青龙啊和白龙，
吾与重华游兮瑶之圃。	我和舜帝在瑶圃游玩。

登昆仑兮食玉英。　　登上昆仑山食用玉树花。

与天地兮同寿，　　　和天与地啊一般寿命，

与日月兮齐光。　　　与日和月啊同样光华。

哀南夷之莫吾知兮，　哀叹南夷之地没人懂我，

旦余济乎江湘。　　　清晨我将渡过长江湘江。

乘鄂渚而反顾兮，　　登上鄂渚我回头远望啊，

欸秋冬之绪风。　　　叹息秋冬的寒风。

步余马兮山皋，　　　在山野与马儿一同散步，

邸余车兮方林。　　　将我的车停在大树林旁。

líng
乘舲船余上沅兮，　　乘上船我逆流至沅水啊，

齐吴榜以击汰。　　　一齐挥桨划击水波。

船容与而不进兮，　　船只徘徊而不能前进啊，

淹回水而凝滞。　　　在漩涡中停滞不前。

朝发枉渚兮，　　　　清晨从枉渚出发啊，

夕宿辰阳。　　　　　晚上就在辰阳留宿。

苟余心其端直兮，　　如果我的心中正直啊，

虽僻远之何伤！　　　就算流放偏远又有何妨！

xù　　　chán huái
入溆浦余儃佪兮，　　到了溆浦我徘徊不前啊，

迷不知吾所如。　　　迷惑不知我要去往何方。

深林杳以冥冥兮，　　茂密的山林昏暗幽深啊，

乃猿狖之所居。 乃是猿猴居住的地方。

山峻高以蔽日兮， 山岭高峻挡住了太阳啊，
下幽晦以多雨。 山下幽暗，阴雨连绵。
霰雪纷其无垠兮， 冰粒雪花纷飞没有边际，
云霏霏而承宇。 云烟雾霭连接天宇。

哀吾生之无乐兮， 哀叹我这一生没有快乐，
幽独处乎山中。 独自隐居在幽僻的山中。
吾不能变心而从俗兮， 我不能改意志随波逐流，
固将愁苦而终穷。 当然就会愁苦终此一生。

接舆髡首兮， 接舆剃头装疯避世啊，
桑扈裸行。 桑扈不满现实裸体而行。
忠不必用兮， 忠臣不一定会得到任用，
贤不必以。 贤人也未必能受启用。
伍子逢殃兮， 伍子胥遭受灾殃啊，
比干菹醢。 比干被剁成肉酱。

与前世而皆然兮， 之前的朝代都是这样啊，
吾又何怨乎今之人！ 我又何必怨恨现在的人！
余将董道而不豫兮， 我要坚守正道不再犹豫，
固将重昏而终身。 本将在昏暗中了却此生。

乱曰： 尾声：

鸾鸟凤凰， 鸾鸟和凤凰，

日以远兮。 一天天远去。

燕雀乌鹊， 燕子和乌鸦，

巢堂坛兮。 在朝堂筑巢。

露申辛夷， 露申与辛夷，

死林薄兮。 在草木中死去。

腥臊并御， 进用恶臭的，

芳不得薄兮。 不再靠近香花。

阴阳易位， 阴阳颠倒，

时不当兮。 生不逢时。

怀信侘傺， 怀抱忠诚却失意彷徨，
_{chà chì}

忽乎吾将行兮。 飘忽啊我将要远去了。

哀郢

【题解】

"郢"是楚国都城之名。"哀郢"即对郢都的思念和哀痛。

《哀郢》大致创作于屈原被流放江南时期。楚顷襄王二十一年（前278），秦将白起率军攻打楚国，夺取楚国都城郢都，楚国军队溃散，迁都陈都，民众流离失所。屈原因此写下《哀郢》，哀叹国都丧失，抒发其对国家的怀恋。

《哀郢》以倒叙的手法叙写，先以回忆着笔，写其流放时离开郢都的场景；后直抒胸臆，描述屈原此时此刻的情感，以及对小人乱政的批判；最后尾声总括全文，表达了屈原对故都的思念，以及被放逐不能为国效力的悲哀。骈句多，对偶美，感情力度强。语重意深，极为感人，在风格上被视为《九章》中最为凄婉的一篇。

皇天之不纯命兮，	老天的心思反复无常啊，
何百姓之震愆（qiān）？	百姓为何惊恐遭罪？
民离散而相失兮，	人民妻离子散啊，
方仲春而东迁。	在仲春时逃亡到东方。
去故乡而就远兮，	离开故乡去向远方啊，
遵江夏以流亡。	沿着长江和夏水流浪。
出国门而轸（zhěn）怀兮，	踏出都门心中哀愁啊，
甲之朝吾以行。	我出发在甲日的早上。
发郢都而去闾（yīng）兮，	从郢都出发离开故土啊，
怊（chāo）荒忽其焉极？	失意迷茫我要去往何方？
楫齐扬以容与兮，	船桨齐划却徘徊不前啊，
哀见君而不再得。	悲伤于再也见不到君王。
望长楸（qiū）而太息兮，	看着高大的梓树而叹息，
涕淫淫其若霰。	泪水滚滚滑落如同雪珠。

73

过夏首而西浮兮，　　经过夏首自西漂流而下，

　　顾龙门而不见。　　回头已望不见郢都龙门。

心婵媛而伤怀兮，　　心中牵挂又充满哀伤啊，
　　miǎo　　　zhǐ
　　眇不知其所蹠。　　前路渺远不知何处落脚。

顺风波以从流兮，　　乘风顺水我向东漂流啊，

　　焉洋洋而为客。　　于是漂泊不定成了游子。

凌阳侯之泛滥兮，　　迎着水神掀起的巨浪啊，

　　忽翱翔之焉薄？　　振翅疾飞却不知去何方？
　　guà
心绻结而不解兮，　　心情郁结惆怅不得解开，
　　jiǎn
　　思蹇产而不释。　　思绪蜿蜒不畅无法舒怀。

将运舟而下浮兮，　　我将要驾船顺流而下啊，

　　上洞庭而下江。　　逆水入洞庭顺水下长江。

去终古之所居兮，　　离开了祖先居住的地方，

　　今逍遥而来东。　　我如今竟漫游到了东方。

羌灵魂之欲归兮，　　我的灵魂渴望回到故乡，

　　何须臾而忘反！　　哪有一刻忘记了回返！

背夏浦而西思兮，　　离开夏浦后思念着郢都，

　　哀故都之日远。　　哀愁离故土日渐遥远。

登大坟以远望兮，　　登上高坡向远眺望啊，

聊以舒吾忧心。　　姑且缓解我思乡的愁绪。

哀州土之平乐兮，　　哀叹故乡往日富饶安乐，

悲江介之遗风。　　悲伤江边古人遗俗余风。

当陵阳之焉至兮，　　到陵阳后该到哪里驻足，

淼南渡之焉如？　　南渡大江又将去往何处？

曾不知夏之为丘兮，　　不曾想过高楼会变废墟，

孰两东门之可芜？　　谁知两座东门也能荒芜？

心不怡之长久兮，　　心中不悦已经很久啊，

忧与愁其相接。　　忧虑与愁绪连绵不绝。

惟郢路之遥远兮，　　想那回郢之路如此遥远，

江与夏之不可涉。　　长江和夏水难再渡过。

忽若不信兮，　　恍惚中仿佛刚离开故乡，

至今九年而不复。　　到现在已九年不曾返回。

惨郁郁而不通兮，　　心情忧郁愁闷不畅啊，

蹇侘傺而含戚。　　惆怅失意并充满哀伤。

外承欢之汋约兮，　　有小人表面奉承谄媚啊，

谌荏弱而难持。　　实际上软弱不堪难持权。

忠湛湛而愿进兮，　　忠厚之臣愿为国效力啊，

妒被离而障之。　　善妒小人却挑拨离间。

尧舜之抗行兮，　　尧和舜有高尚的操行啊，

瞭杳杳而薄天。　　明智贤远直上云天。

众谗人之嫉妒兮，　　奸佞小人都心怀嫉妒啊，

被以不慈之伪名。　　加之以不慈爱的罪名。

　　　　　　yùn lǚn
憎愠怆之修美兮，　　嫌弃不善言辞的君子啊，
　　　　kǎng
好夫人之忼慨。　　却喜欢小人的巧言令色。
qiè dié
众踥蹀而日进兮，　　小人奔走日益得势啊，

美超远而逾迈。　　君子被疏远消逝远去。

乱曰：　　尾声：

曼余目以流观兮，　　瞠目环顾四面八方啊，

冀壹反之何时？　　希望什么时候能够返乡！

鸟飞反故乡兮，　　鸟儿飞远也要回故土啊，

狐死必首丘。　　狐狸死时定要朝向山丘。

信非吾罪而弃逐兮，　　不是我的罪过却遭流放，

何日夜而忘之？　　何尝有一天曾忘记故都？

抽思

【题解】

　　"抽思"二字取自"少歌"部分"与美人抽思兮"一句，意思应为：把自己隐藏在内心深处的愁情剖陈、抒发出来。

　　《抽思》应作于楚怀王时期，当时屈原被放逐到汉北地区。全

篇叙写屈原在流放中仍忧心国事，思念国都；希望能向君王进言，志向却无法传达的愁苦；满腔深切诚恳的怨愤之情，贯穿全文。

此篇除"乱曰"，即尾声外，还有"少歌"和"倡曰"两个独特的篇章结构。全文以"倡曰"为分界，前部以"少歌"作小结，后部自成一体，最后以"乱曰"收束全文。其中有一段特别的离魂描写，以梦境为载体作想象之辞，抒发强烈情感，对后人影响颇深。

心郁郁之忧思兮，　　心中忧愁思绪纷乱啊，

　独永叹乎增伤。　　我独自长叹徒增悲伤。

思蹇产之不释兮，　　思绪郁结难以舒畅啊，
jiǎn

　曼遭夜之方长。　　漫漫的夜啊是那么长。

悲秋风之动容兮，　　悲叹秋风劲吹草木撼动，

　何回极之浮浮！　　竟使天极枢轴摇晃不停！

数惟荪之多怒兮，　　频频想起君王性情易怒，
shuò

　伤余心之忧忧。　　让我的心忧愁伤痛不已。

愿摇起而横奔兮，　　我愿跃起而快步逃离啊，

　览民尤以自镇。　　见百姓受苦又安定下来。

结微情以陈词兮，　　聚结幽微之情剀切陈词，

　矫以遗夫美人。　　高举起来递送给君王。

昔君与我成言兮，　　君王曾和我有过约定啊，

　曰黄昏以为期。　　说好在黄昏日落时相会。

羌中道而回畔兮，　　在半路上您却改了道路，

反既有此他志。　　　转身离开有了其他想法。

jiāo
侨吾以其美好兮，　　向我夸耀他的美貌啊，

　　　　kuā
览余以其修姱。　　　让我遍看他的才能。

与余言而不信兮，　　和我说的话却不算数啊，

盖为余而造怒。　　　为何还借此对我发怒。

　　jiàn
愿承间而自察兮，　　希望有机会表明衷情啊，

心震悼而不敢。　　　但内心惶恐不敢发声。

悲夷犹而冀进兮，　　悲叹犹豫希望能进言啊，

　dá　　dàn
心怛伤之憺憺。　　　心中痛苦忧伤不得安宁。

兹历情以陈辞兮，　　列举了这些情况来陈辞，

　　yáng
荪详聋而不闻。　　　君王您却装聋充耳不闻。

固切人之不媚兮，　　正直的人原本就不献媚，

众果以我为患。　　　小人们果然把我当祸患。

初吾所陈之耿著兮，　当初我陈述得清楚明白，

岂至今其庸亡？　　　您难道至今就都忘光了？

　　　　　jiǎn
何独乐斯之謇謇兮？　为什么唯独我爱直言呢？

愿荪美之可完。　　　是希望您的美德更辉煌。

望三五以为像兮，　仰望三皇五帝作为榜样，

　指彭咸以为仪。　手指先贤彭咸作为仪范。

夫何极而不至兮，　有什么终极不能达到呢，

　故远闻而难亏。　您将声名远播永不消散。

善不由外来兮，　善心不会由外界产生啊，

　名不可以虚作。　名声也不会凭空出现。

孰无施而有报兮，　谁能不给予就有回报啊？

　孰不实而有获？　谁又能不播种就有收获？

少歌曰：　小结：

与美人抽思兮，　向君王抒发我的感情啊，

　并日夜而无正。　夜以继日但无人证明。

jiāo
侨吾以其美好兮，　只会向我夸耀他的美好，

ào
敖朕辞而不听。　我的陈词却傲慢不听。

倡曰：　唱道：

有鸟自南兮，　有鸟儿自南方飞来啊，

　来集汉北。　飞来栖息在汉水以北。

kuā
好姱佳丽兮，　它的容貌美好秀丽啊，

pàn
胖独处此异域。　却独自在异乡离群而居。

qióng
既茕独而不群兮，　既孤独不与他人共处啊，

又无良媒在其侧。　又没有好的媒人在身边。

道卓远而日忘兮，　　道路遥远日渐被遗忘啊，
　　愿自申而不得。　　想要自己陈言也没机会。
望北山而流涕兮，　　眺望着北山流下热泪啊，
　　临流水而太息。　　面朝着江水长长叹息。

望孟夏之短夜兮，　　想那初夏的夜晚还短啊，
　　何晦明之若岁！　　为何等天明像过了一年！
惟郢路之辽远兮，　　那回郢之路如此遥远啊，
　　魂一夕而九逝。　　灵魂一夜之间多次返还。

曾不知路之曲直兮，　　不知道那道路是曲是直，
　　南指月与列星。　　靠星月辨明南去的方向。
愿径逝而不得兮，　　想一路返回故乡却不能，
　　魂识路之营营。　　只有灵魂能奔走识途。

何灵魂之信直兮，　　为什么灵魂忠诚又正直，
人之心不与吾心同！　　别人的心思却和我不同！
理弱而媒不通兮，　　信使孱弱媒人不通啊，
尚不知余之从容。　　无人知晓我的言行。

　　乱曰：　尾声：
　　lài
长濑湍流，　　长滩之上流水湍急，
溯江潭兮。　　逆流而上是深潭啊。
狂顾南行，　　猛然回头向南前行，

聊以娱心兮。　　姑且抚慰我的伤心啊。

轸石崴嵬，　　路上石头高低不平，
（zhěn）（wēi wéi）

塞吾愿兮。　　使我回乡之路变得艰难。
（jiǎn）

超回志度，　　徘徊踟蹰，

行隐进兮。　　只得慢慢前行啊。

低佪夷犹，　　迟疑犹豫，
（huí）

宿北姑兮。　　停歇在北姑啊。

烦冤瞀容，　　忧闷烦乱，
（mào）

实沛徂兮。　　走得实在颠簸啊。

愁叹苦神，　　愁苦叹息，

灵遥思兮。　　灵魂遥遥思念家乡啊。

路远处幽，　　路途遥远处境幽僻，

又无行媒兮。　　又没有媒妁相传啊。

道思作颂，　　为表思念作此辞颂，

聊以自救兮。　　姑且自我开解啊。

忧心不遂，　　忧愁的心绪不能通达，

斯言谁告兮！　　这些话该向谁倾诉啊！

怀沙

【题解】

"怀沙"二字一般有两解：一是怀抱沙石以自沉；二是感怀长沙。两种说法各有缘由，列出以作参考。

关于《怀沙》一文的创作时间，一般认为作于屈原自沉汨罗江前不久。但一说此篇即为屈原的绝命辞；一说《惜往日》才是屈原绝笔，此篇为屈原流放中怀念长沙的诗作，大约作于到达长沙前、《九章·哀郢》后。此处倾向于后者，但与题目的释义相照应，前者也有一定道理。

全篇先言屈原遭受折辱却坚定不移的高尚品格，接着批判朝堂之上的奸佞小人，痛惜君王昏聩，表达了深深的无能为力与绝望。此篇虽未必是绝命辞，但情辞慷慨沉郁，创作时间应距屈原投水不久。语句短促有力，情调哀切，反映了屈原的实际感受与心境，在情感与表达形式上浑然一体。

滔滔孟夏兮，　初夏的热浪啊，

草木莽莽。　让草木变得茂盛。

伤怀永哀兮，　因感怀长久哀痛啊，

^{yù}
汩徂南土。　快步向南国迁行。

^{shùn}
眴兮杳杳，　眼前一片昏暗幽静，

孔静幽默。　很是深沉万籁俱寂。

^{yū zhěn}
郁结纡轸兮，　愁绪聚结内心痛苦啊，

82

離愍而長鞠。　　遭受悲哀，长久困苦。

抚情效志兮，　　抚慰忧伤自检志向啊，

冤屈而自抑。　　虽感冤枉但自行压抑。

刓方以为圆兮，　　许多人削方为圆啊，

常度未替。　　　我却遵循法度不曾改变。

易初本迪兮，　　改变本身的信念啊，

君子所鄙。　　　是君子所不齿的。

章画志墨兮，　　彰显规划按规定做事啊，

前图未改。　　　最初的志向不曾改变。

内厚质正兮，　　内心敦厚品行端正啊，

大人所盛。　　　是君子圣人所称颂的。

巧倕不斫兮，　　巧匠倕若不削砍啊，

孰察其拨正？　　谁能明察是曲是直？

玄文处幽兮，　　黑色花纹处在幽暗之地，

蒙瞍谓之不章。　瞎子就会说它不明显。

离娄微睇兮，　　视力超群的离娄眯眼看，

瞽以为无明。　　瞎子就会认为他没眼力。

变白以为黑兮，　把白变成黑的啊，

倒上以为下。　　把上颠倒成下。

凤凰在笯兮，　　把凤凰关进笼子啊，
_{nú}

鸡鹜翔舞。　　　鸡鸭却飞翔起舞。
_{wù}

同糅玉石兮，　　美玉顽石混杂在一起啊，

一概而相量。　　用同一标准来衡量。

夫惟党人鄙固兮，那结党之徒卑鄙顽固啊，

羌不知余之所臧。不知道我的品质善良。
_{cáng}

任重载盛兮，　　若是负重过多啊，

陷滞而不济。　　就会陷没停滞难以前行。

怀瑾握瑜兮，　　若怀抱着美玉啊，

穷不知所示。　　穷困也不能将其示人。

邑犬之群吠兮，　城中的狗如果一起叫啊，

吠所怪也。　　　叫的是所见的怪事。

非俊疑杰兮，　　对能人贤才非议怀疑啊，

固庸态也。　　　本是庸人的常态。

文质疏内兮，　　外表质朴而内心讷言啊，
_{nè}

众不知余之异采。他人不知我的华丽文采。

材朴委积兮，　　才能堆藏在一旁啊，

莫知余之所有。　没有人知道我拥有它们。

重仁袭义兮，　　累积了仁德和义气啊，
　谨厚以为丰。　　以谨慎与忠厚为财富。
重华不可遻兮，　　不能与圣明的舜相遇啊，
　孰知余之从容！　谁能了解我的品德举止！

古固有不并兮，　　自古明君贤臣就不并出，
　岂知其何故！　　哪知道这是什么缘故！
汤禹久远兮，　　　商汤夏禹距今久远啊，
　邈而不可慕。　　远到让人不能企及。

惩违改忿兮，　　　我克制心中的愤恨啊，
　抑心而自强。　　压抑情绪使自身变坚强。
离愍而不迁兮，　　遭受灾祸也不改变啊，
　愿志之有像。　　希望学习前人的榜样。

进路北次兮，　　　向北进发而后暂歇啊，
日昧昧其将暮。　　天色昏暗快到黄昏。
　舒忧娱哀兮，　　纾解忧虑排遣悲伤啊，
　限之以大故。　　以死亡为期限。

　　　乱曰：　尾声：
浩浩沅湘，　　　　浩浩荡荡的沅水湘江，
　分流汨兮。　　　各自奔流到远方。
修路幽蔽，　　　　长路漫漫，隐蔽幽暗，

道远忽兮。　　前途苍茫无际啊。

曾伤爰^{yuán}哀，　　重重哀伤堆叠，

永叹喟兮。　　叹息长久不绝啊。

世溷^{hùn}浊莫吾知，　　世道污浊无人懂我，

人心不可谓兮。　　人心最是不可说啊。

怀质抱情，　　我内心质朴多情，

独无正兮。　　但孤独无人证明啊。

伯乐既没，　　伯乐已经离世，

骥焉程兮？　　好马又该如何衡量啊？

万民之生，　　每个人的生命，

各有所错兮。　　都有各自的安排啊。

定心广志，　　我志向坚定远大，

余何畏惧兮！　　又有什么可畏惧啊！

知死不可让，　　知道死亡不可避免，

愿勿爱兮。　　情愿不再爱惜自己啊。

明告君子，　　我要昭告先贤，

吾将以为类兮。　　将以您作为效法的准则。

思美人

【题解】

"思美人"取自篇首句"思美人兮，揽涕而伫眙"一句前三字。"美人"可指楚怀王或顷襄王，多认同为前者。

此篇之创作时间尚无定论，依从对"美人"的释义不同，主要有两种说法：一是创作于楚怀王时期屈原被流放于汉北之时；二则认为作于楚顷襄王时期屈原被放逐于江南之时。

《思美人》写思念君王，却不得表白心迹的机会、无法实现兴国理想的哀怨之情，以及仍愿追随先贤脚步，坚守高尚情操的决心。全篇的最大特点在于以香草美人为主要意象，"依诗取兴，引类譬喻"，如同《离骚》的手法，以男女之情比君臣关系，将天地、人神、史实等结合为一，驰骋想象，神思飞扬，堪称一篇浪漫主义文学佳作。

思美人兮，	思念那美人啊，
揽涕而伫眙。	擦干眼泪久久伫立凝视。
媒绝路阻兮，	媒人消息断绝路又不通，
言不可结而诒。	衷言难结而无处寄送。
蹇蹇之烦冤兮，	忠贞直言我忧愁烦闷啊，
陷滞而不发。	只得闷陷心中无处排遣。
申旦以舒中情兮，	日日夜夜想表述衷情啊，
志沉菀而莫达。	心气消沉郁结不能传达。

lǎn　chi
yi
jiǎn
yùn

愿寄言于浮云兮，　　希望能寄托忠言给浮云，
　遇丰隆而不将。　　　遇到丰隆却不听从我。
因归鸟而致辞兮，　　想靠归鸟为我传达陈辞，
　羌迅高而难当。　　　却迅疾高飞难以得见。

高辛之灵盛兮，　　　先帝高辛神灵繁盛啊，
　遭玄鸟而致诒。　　　遇见玄鸟为其传送礼物。
欲变节以从俗兮，　　想更改节操随波逐流啊，
　愧易初而屈志。　　　又羞于改初心委情志。

独历年而离愍兮，　　常年独自经历忧愁啊，
　羌冯心犹未化。　　　满腔愤懑还未化解。
宁隐闵而寿考兮，　　宁愿隐忍此情到老死啊，
　何变易之可为。　　　怎么可以改变忠节。

知前辙之不遂兮，　　明知前方道路不通畅啊，
　　未改此度。　　　　未曾想改变这样的原则。
车既覆而马颠兮，　　车已经倾覆马也跌倒啊，
　蹇独怀此异路。　　　我还是要归于这条弯路。

勒骐骥而更驾兮，　　勒好骏马重新套车啊，
　造父为我操之。　　　造父帮我执鞭驾驭。
迁逡次而勿驱兮，　　慢慢前进不要疾驰啊，

楚辞

88

聊假日以须时。　姑且借此时日等待良机。

指嶓冢之西隈兮，　手指嶓冢山的西麓啊，
_{bō} _{wēi}

与纁黄以为期。　约定在黄昏时相见。
_{xūn}

开春发岁兮，　春天到来新年伊始啊，

白日出之悠悠。　白天的时间越来越长久。

吾将荡志而愉乐兮，　我将纵情地享受快乐啊，

遵江夏以娱忧。　循着长江夏水排解烦忧。

揽大薄之芳茝兮，　摘下密林中的香茝啊，
_{lǎn} _{chǎi}

搴长洲之宿莽。　拔取沙洲上的宿莽。
_{qiān}

惜吾不及古人兮，　可惜不能与先贤同时代，

吾谁与玩此芳草！　我和谁一起赏玩香草呢？

解萹薄与杂菜兮，　采集萹竹与杂菜啊，
_{biān}

备以为交佩。　准备作为相交的佩饰。

佩缤纷以缭转兮，　佩饰缤纷繁盛缭绕周身，

遂萎绝而离异。　也终将枯死被抛弃一旁。

吾且儃佪以娱忧兮，　我且徘徊逍遥开解忧愁，
_{chán huái}

观南人之变态。　观看南夷人不同的情态。

窃快在中心兮，　我在心中暗自愉快啊，

扬厥凭而不俟。　振作愤懑之心不再等待。
_{sì}

芳与泽其杂糅兮，　　　　香气与污垢杂糅在一起，
羌芳华自中出。　　　　　花朵的芬芳仍不能遮盖。

纷郁郁其远蒸兮，　　　　馥郁芳香播向远方啊，
满内而外扬。　　　　　　充盈了内心就会外扬。
情与质信可保兮，　　　　内心的美质能够保持啊，
羌居蔽而闻章。　　　　　居所幽僻美名也能显彰。

令薜荔以为理兮，^{bì}　　命令薜荔作我的信使啊，
惮举趾而缘木。　　　　　怕如同抬起脚攀爬树木。
因芙蓉而为媒兮，　　　　依靠芙蓉做我的媒人啊，
惮褰裳而濡足。^{qiān　rú}　担心提起下衣弄湿双足。

登高吾不说兮，　　　　　向高处攀登我不喜欢啊，
入下吾不能。　　　　　　往低处下水我又不会。
固朕形之不服兮，　　　　本来我的形貌就不适应，
然容与而狐疑。　　　　　于是我徘徊又犹豫。

广遂前画兮，　　　　　　广阔的道路向前展开啊，
未改此度也。　　　　　　我从未更改这原则。
命则处幽吾将罢兮，　　　命运要我在幽僻处归去，
愿及白日之未暮也。　　　希望日暮前抓紧时间。
独茕茕而南行兮，^{qióng}　孤独一人向南前行啊，
思彭咸之故也。　　　　　这是思念彭咸的缘故。

惜往日

【题解】

　　"惜往日"同样出自篇首句"惜往日之曾信兮"之前三字。

　　关于此篇的真伪，自古以来多有争议。历代学者大都认为《惜往日》为屈原所作，但后来也有研究者因篇中提到伍子胥，怀疑此篇和《九章·悲回风》为伪作，或因作品语气有异、用词浅显等而致疑。本文广被认为是屈原临终前所作，但是否为绝笔，则有不同看法。《怀沙》《悲回风》《惜往日》都有学者认为是屈原绝命辞。此处取《惜往日》为绝笔的观点。

　　《惜往日》反映了屈原理想最终的幻灭，记写其临终前的回忆，历数其平生政治上所遭不公和迫害，表明其痛心疾首又恐一死无用，故写绝命辞，希望能以一死成就忠君爱国之志向，并唤醒君王的最后觉悟。全篇文辞率直，表意流畅，绝命之内涵彰显。

惜往日之曾信兮，　　痛惜往日也曾蒙受信任，

　受命诏以昭时。　　受君王之命使人世清明。

奉先功以照下兮，　　秉承先王功业昭示民众，

　明法度之嫌疑。　　辨明法度裁决疑问。

国富强而法立兮，　　国家富强法制建立啊，

　属_{zhǔ}贞臣而日娭_{xī}。　　嘱托忠臣而君王悠游。

秘密事之载心兮，　　勤勉国事铭记于心啊，

　虽过失犹弗治。　　即使犯错也不用治罪。

心纯厖^{máng}而不泄兮，　　心思敦厚又不乱讲话啊，

　　遭谗人而嫉之。　　竟遭到奸佞小人的嫉妒。

君含怒而待臣兮，　　君王待我饱含怒火啊，

　　不清澈其然否。　　不明察其中的是非对错。

蔽晦君之聪明兮，　　小人蒙蔽了君王的耳目，

　　虚惑误又以欺。　　用虚言蛊惑又欺瞒君王。

弗参验以考实兮，　　君王不察验其中虚实啊，

　　远迁臣而弗思。　　把我放逐远方而不深思。

信谗谀之溷^{hùn}浊兮，　　相信小人的污浊之言啊，

　　盛气志而过之。　　怒气冲冲就把我责备。

何贞臣之无罪兮，　　为何无罪的忠臣啊，

　　被离谤而见尤！　　遭受诽谤而被怪罪！

惭光景^{yǐng}之诚信兮，　　惭愧光影都很诚实啊，

　　身幽隐而备之。　　所处幽僻也能受其泽被。

临沅湘之玄渊兮，　　面对沅水湘江的深渊啊，

　　遂自忍而沉流。　　就隐忍自身而沉入江流。

卒没身而绝名兮，　　最终不过是身死名消吧，

　　惜壅君之不昭。　　痛惜君王受蒙蔽不觉悟。

君无度而弗察兮，　　君王目无法度不加明察，

　　使芳草为薮^{sǒu}幽。　　让香草沉入幽暗沼泽。

焉舒情而抽信兮，　　如何抒发和表达忠心啊，
　　恬死亡而不聊。　　宁愿安静死去不愿苟活。
独障壅而蔽隐兮，　　因奸佞阻碍遮蔽啊，
　　使贞臣为无由。　　让忠臣不能接近君王。

闻百里之为虏兮，　　听闻百里奚曾做俘虏啊，
　　伊尹烹于庖厨。　　伊尹为庖厨烹制过食物。
吕望屠于朝歌兮，　　姜太公在朝歌曾做屠夫，
　　宁戚歌而饭牛。　　宁戚夜里唱着歌喂过牛。
不逢汤武与桓缪兮，　不与汤武齐桓秦穆相遇，
　　世孰云而知之！　世人谁会知道他们呢！

吴信谗而弗味兮，　　夫差信谗言不加思考啊，
　　子胥死而后忧。　　伍子胥死后国家忧难。
介子忠而立枯兮，　　介子推忠诚却被烧死啊，
　　文君寤而追求；　　晋文公醒悟才去找寻；
　　　 wù
封介山而为之禁兮，　追封介山且禁止樵猎啊，
　　报大德之优游。　　用以报答他的德厚恩深。

思久故之亲身兮，　　怀念他是多年的故人啊，
　　因缟素而哭之。　　穿上白色丧服为之哭悼。
或忠信而死节兮，　　有人忠实诚信守节而死，
　　　 tuó mán
　　或訑谩而不疑。　　有人进谗言却不被怀疑。
弗省察而按实兮，　　不反省明察据实判断啊，

听谗人之虚辞。　　却听信小人的一派胡言。

芳与泽其杂糅兮，　　香气与污垢杂糅在一起，

孰申旦而别之？　　　谁能夜以继日地分辨呢？

何芳草之早夭兮，　　为什么香草早早夭亡啊，

微霜降而不戒。　　　只因霜寒降时没有戒备。

谅聪不明而蔽壅兮，　确是君王耳不明受蒙蔽，

使谗谀而日得。　　　使得谗谀小人日益得势。

自前世之嫉贤兮，　　自古就有妒贤嫉能之人，

谓蕙若其不可佩。　　说蕙草和杜若不能佩戴。

妒佳冶之芬芳兮，　　嫉妒美人的芳香啊，

mó
嫫母姣而自好。　　　丑陋的嫫母却扭捏作态。

虽有西施之美容兮，　即便有西施一样的美貌，

谗妒入以自代。　　　小人也要钻营来取代。

愿陈情以白行兮，　　渴望陈述衷情表明言行，

得罪过之不意。　　　无意之中遭受如此罪过。

情冤见之日明兮，　　是非曲直都会日渐明晰，

如列宿之错置。　　　就像天空中陈列的星宿。

乘骐骥而驰骋兮，　　乘着骏马自由驰骋啊，

pèi
无辔衔而自载。　　　没有缰绳，要自行驾驭。

乘泛泭以下流兮，　　乘坐木筏顺流而下啊，

　　无舟楫而自备。　　没有船桨，要自行准备。

背法度而心治兮，　　背离法度凭心治国啊，

　　辟与此其无异。　　就如以上二者没有区别。

宁溘死而流亡兮，　　宁愿忽然死去顺水漂流，

　　恐祸殃之有再。　　只怕灾祸再度降临。

不毕辞而赴渊兮，　　我没说完便走向深渊啊，

　　惜壅君之不识。　　痛惜君王受蒙蔽而不知。

橘颂

【题解】

　　橘，产于我国南方，是一种枝有刺、花黄白、果实黄的小乔木。颂一则为动词，取歌颂赞美之意；一则为文体之"颂"，出自《诗经》。题目的意思即为歌颂橘的美好品德。

　　关于《橘颂》的创作时间，大致可分为早年为官时说和晚年流放时说两种。本文从早年说，认为本篇为屈原早年任外交官出使时作。

　　全篇虽歌颂橘树，实际却是屈原对自身理想与人格的表白。前部咏物，重点描述橘树俊逸动人的外形；后部抒情，对橘树的精神品质进行赞颂。外形与精神描写区分又交融，共同塑造出橘树的坚定不移、遗世独立、公正无私的高洁形象，借以表达屈原追求美好品格和高尚理想的志向。

《橘颂》是我国文学史上第一首文人咏物诗，开后世咏物之先河。

后皇嘉树，　　皇天后土上的美好橘树，
橘徕服兮。　　生来就适应这片土地啊。
（lái）

受命不迁，　　受天地之命不迁徙他处，
生南国兮。　　就在这南方大地扎根啊。

深固难徙，　　根深牢固难以迁徙，
更壹志兮。　　更具专一的心志啊。
绿叶素荣，　　绿色的叶子白色的花，
纷其可喜兮。　枝繁叶茂令人欢喜啊。

曾枝剡棘，　　生有层层叠叠尖锐的刺，
（yǎn）
圆果抟兮。　　果实却圆圆滚滚。
（tuán）
青黄杂糅，　　青色和黄色交杂在一起，
文章烂兮。　　色彩交错花纹灿烂啊。

精色内白，　　果皮鲜亮内瓤洁白。
类任道兮。　　好像心怀道义的君子。
纷缊宜修，　　纷繁茂盛，修饰得宜。
（yūn）
姱而不丑兮。　姿态美丽没有瑕疵。
（kuā）

96

嗟尔幼志，　　赞叹你幼年便立志，
有以异兮。　　与常人不能相比啊。
独立不迁，　　遗世独立而不改变，
岂不可喜兮。　怎么不让人欢喜呢！

深固难徙，　　根深牢固难以迁徙，
廓其无求兮。　心境开阔没有他求啊。
苏世独立，　　独自清醒傲立污浊世间，
横而不流兮。　意气风发决不随波逐流。

闭心自慎，　　收闭心门慎独己身，
终不失过兮。　从来不会犯错啊。
秉德无私，　　保有德行公正无私，
参天地兮。　　可以匹配于天地啊。

愿岁并谢，　　希望和岁月一同逝去，
与长友兮。　　与你长久做伴为友啊。
淑离不淫，　　鲜明美好而不淫乱，
梗其有理兮。　正直坚定又通事理啊。

年岁虽少，　　虽然年纪轻轻，
可师长兮。　　但已能为人师长啊。
行比伯夷，　　高尚品行能够比肩伯夷，
置以为像兮。　可以作为榜样学习啊。

97

悲回风

【题解】

"悲回风"同样出自篇首句"悲回风之摇蕙兮"之前三字。

《悲回风》也存在真伪之辩，或言此篇风格不似屈原而如宋玉、景差，或言语气和文字与屈原过往创作不同等。本书认可《悲回风》为屈原所作。

关于本篇的创作时间，也是众说纷纭。因篇中情感流露，这里取蒋骥之说，认为是屈原自沉汨罗江前一年秋天所作。

《悲回风》全篇没有叙述，皆为屈原的心理活动。观景物即有感于自身经历，深沉、悲愤的情绪充斥全篇，"思理困惑，不知所释"，是为"伤心之诗"。此外，此篇语言上多用双声叠韵联绵词和叠词，不仅使得文辞更添音乐美，也烘托出幽怨悲凉的意境，为屈原陈表悲伤迷惘的心迹和愤懑愁苦的心绪起到很大助推作用。

悲回风之摇蕙兮，	悲伤疾风将蕙草摇落啊，
心冤结而内伤。	心中愁绪郁结黯然神伤。
物有微而陨性兮，	有微小如蕙草性命凋丧，
声有隐而先倡。	有隐匿之声却最先传唱。
夫何彭咸之造思兮，	为何彭咸树立的思想啊，
暨志介而不忘！	和其志向一样坚定不变！
万变其情岂可盖兮，	变化难道能掩盖真情吗，
孰虚伪之可长！	人如果虚伪怎么能久长？
鸟兽鸣以号群兮，	鸟兽用鸣叫来呼朋引伴，

^{chá}
草苴比而不芳。　荣草枯草不一起散芬芳。
^{qì}
鱼葺鳞以自别兮，　游鱼修饰鳞片显示区别，

蛟龙隐其文章。　蛟龙则将光彩花纹隐藏。

故荼荠不同亩兮，　所以苦菜荠菜生不同田，
^{chài}
兰茝幽而独芳。　兰花芷草处幽僻而馨香。

惟佳人之永都兮，　只有那佳人永远美好啊，
^{kuàng}
更统世而自贶。　历经世代却能独放光芒。
^{miǎo}
眇远志之所及兮，　远大的志向能触及天幕，

怜浮云之相羊。　爱怜云朵飘游无依。
^{miǎo}
介眇志之所惑兮，　坚定的志向令他人迷惑，

窃赋诗之所明。　我便作诗表明心志。

惟佳人之独怀兮，　唯有佳人有独特的情怀，

折若椒以自处。　折下杜若芳椒作为陪伴。
^{xū xī}
曾歔欷之嗟嗟兮，　成日哭泣难忍长吁短叹，

独隐伏而思虑。　独自隐居而思虑不停。

涕泣交而凄凄兮，　涕泗横流悲伤难忍啊，

思不眠以至曙。　沉思难眠直到天明。

终长夜之曼曼兮，　长夜漫漫终有尽时啊，

掩此哀而不去。　这哀伤却不能抑止。

^{wù}
寤从容以周流兮，　醒后悠游地四处观览啊，

聊逍遥以自恃。　姑且靠散步来支撑自己。

伤太息之愍怜兮，　　　悲伤长叹自怜自悯啊，
气於邑而不可止。　　　气息呜咽而不能停止。

纟思心以为纕兮，　　　扎结心绪作为佩带啊，
　编愁苦以为膺。　　　编织愁苦作为胸前衣物。
折若木以蔽光兮，　　　折下若木枝条遮蔽阳光，
　随飘风之所仍。　　　随着旋风走遍四面八方。

存仿佛而不见兮，　　　存在之物模糊看不清啊，
　心踊跃其若汤。　　　心中像有沸水一般翻腾。
抚珮衽以案志兮，　　　抚摸佩玉衣襟压抑情绪，
　超惘惘而遂行。　　　惘怅不已于是继续前行。

岁曶曶其若颓兮，　　　岁月飞逝如同山崩水流，
　时亦冉冉而将至。　　　时光也渐渐来到了尽头。
颓蘅槁而节离兮，　　　水草干枯而枝节脱落啊，
　芳以歇而不比。　　　芳草香消也不再繁茂。

怜思心之不可惩兮，　　可怜思君之心不能克制，
　证此言之不可聊。　　证实克制的话不可凭依。
宁溘死而流亡兮，　　　宁愿忽然死去顺水漂流，
　不忍此心之常愁。　　不忍我的心中常含忧愁。

100

孤子吟而抆泪兮，　　　独自叹息擦拭泪水啊，
　　放子出而不还。　　　被放逐之人不能返回。
孰能思而不隐兮，　　　谁想到这里能不忧伤啊，
　　照彭咸之所闻。　　　依照了彭咸传下的法则。

登石峦以远望兮，　　　登上石山我眺望远方啊，
　　路眇眇之默默。　　　前路遥远而寂静荒凉。
入景响之无应兮，　　　进入幽影发声无人应答，
闻省想而不可得。　　　耳听目视心想都是徒然。

愁郁郁之无决兮，　　　愁绪郁结不能排除啊，
　　居戚戚而不解。　　　忧思愁苦也不能开解。
心絓结而不开兮，　　　心中纠结不能释然啊，
　　气缭转而自缔。　　　气息缠绕又约束联结。

穆眇眇之无垠兮，　　　幽微远大没有边际啊，
　　莽芒芒之无仪。　　　苍茫广阔而没有形态。
声有隐而相感兮，　　　声音幽微但能相互感应，
物有纯而不可为。　　　事物纯美却无奈陨没。

邈蔓蔓之不可量兮，　　远路漫漫不能测量啊，
　　缥绵绵之不可纡。　　愁绪绵绵不可节制。
愁悄悄之常悲兮，　　　忧愁不已我常感悲戚啊，

翩冥冥之不可娱。　　远走高飞也不得欢愉。

凌大波而流风兮，　　乘着巨浪我随风而去啊，

　托彭咸之所居。　　寄托于彭咸曾居住之所。

上高岩之峭岸兮，　　登上高山的峭壁啊，

　处雌蜺之标颠。　　处在霓光的最顶端。

据青冥而摅虹兮，　　倚靠青天我施布彩虹啊，

　遂倏忽而扪天。　　于是瞬间就能摸到天。

吸湛露之浮源兮，　　我吸取浓厚的晨露啊，

　漱凝霜之雰雰。　　含漱凝结的云气霜花。

依风穴以自息兮，　　托身于风穴独自休憩啊，

　忽倾寤以婵媛。　　忽地全然领悟忧伤感怀。

冯昆仑以瞰雾兮，　　倚靠昆仑山俯瞰雾气啊，

　隐岷山以清江。　　凭依岷山我看清长江。

惮涌湍之磕磕兮，　　惊惧激流冲刷滩石之声，

　听波声之汹汹。　　听到波涛撞击汹涌澎湃。

纷容容之无经兮，　　心中纷乱没有条理啊，

　罔芒芒之无纪。　　惆怅迷乱没有头绪。

轧洋洋之无从兮，　　彷徨不知何去何从啊，

　驰委移之焉止。　　神思曲折不知何处停止。

楚
辞

漂翻翻其上下兮，　　浪花翻飞上下漂流啊，
　　翼遥遥其左右。　　江水摇摆左右横飞。
泛滪滪其前后兮，　　波涛滚滚前后奔涌，
　　伴张弛之信期。　　配合着潮水涨落的约期。

观炎气之相仍兮，　　观赏夏日炎热的暑气，
　　窥烟液之所积。　　察看秋日烟云的堆积。
悲霜雪之俱下兮，　　悲叹冬日霜雪纷纷降下，
　　听潮水之相击。　　倾听春日潮水的冲击。
借光景以往来兮，　　借助时光往来于天地啊，
　　施黄棘之枉策。　　用黄棘的软鞭策马而去。
求介子之所存兮，　　访求介子推曾经的居所，
　　见伯夷之放迹。　　见到伯夷被放逐的遗迹。
心调度而弗去兮，　　心中揣摩不能释怀啊，
　　刻著志之无适。　　下定决心啊绝不离开。

　　　　曰：　　尾声：
吾怨往昔之所冀兮，　　我哀怨过往抱有的期待，
　　悼来者之惕惕。　　悲悼未来可能的忧惧。
浮江淮而入海兮，　　顺着长江淮河漂入大海，
　　从子胥而自适。　　跟从伍子胥以求心安。
望大河之洲渚兮，　　远望黄河中的洲岛啊，
　　悲申徒之抗迹。　　悲叹申徒高尚的行迹。
骤谏君而不听兮，　　屡次劝谏君王却不听啊，

任重石之何益！　　抱石沉水又有什么益处!

心絓结而不解兮，　　心中郁结难以解脱啊，
_{guà}

思蹇产而不释。　　思绪不畅也不能释放。
_{jiǎn}

远　游

屈原

【题解】

《远游》一文的创作者历来也有相当大的争议，大致存在两种观点：一是屈原创作说，自古以来研究《楚辞》的学者几乎无异议；一是汉人拟作说，这种说法自清代起，言该篇的文采、风格皆不如《离骚》，更似司马相如《大人赋》。此处取屈原创作说。

关于《远游》的创作时间与地点也是纷纭难定，或说作于为官受谗时，或说作于流放江南时，或说作于放逐汉北时，或说作于晚年，众口不一。

全篇主要写屈原借赤松子之口，想象在天地间欢欣远游，最后养生炼气而化形的场面。其中描写了大量的神仙怪异之物，天马行空，显示出楚文化富于想象的特色，融合了道家的"出世"思想，表达了屈原对当时政坛的无可奈何，对污浊世俗的摒弃谴责，以及对理想世界的不懈追求。

《远游》一文对后世游仙诗的影响颇深，体现最明显的就是司马相如的《大人赋》。

悲时俗之迫阨兮，　悲叹时俗使人陷入困厄，

　愿轻举而远游。　想要登仙去远方周游。

质菲薄而无因兮，　我资质平庸又无凭依啊，

　焉托乘而上浮？　又怎么能乘风而升天？

遭沉浊而污秽兮，　　生逢浊世我也受脏污啊，

　独郁结其谁语！　　独自郁结又向谁倾诉！

夜耿耿而不寐兮，　　夜半心烦不能入睡啊，

　魂茕茕而至曙。　　魂单影只直到天明。
　qióng

惟天地之无穷兮，　　想这天地的无穷无尽啊，

　哀人生之长勤。　　悲哀于人生的无限艰辛。

往者余弗及兮，　　过去的人事我追赶不及，

　来者吾不闻。　　未来的一切我无从得知。

步徙倚而遥思兮，　　脚步徘徊思绪飘远啊，
　chāo chǎng huǎng
　怊惝恍而乖怀。　　惆怅伤感我违背初衷。

意荒忽而流荡兮，　　心神恍惚无处可依啊，

　心愁凄而增悲。　　内心愁苦凄凉悲伤更甚。

神倏忽而不反兮，　　灵魂瞬息逝去不再回返，

　形枯槁而独留。　　只单单留下枯槁的形体。

内惟省以端操兮，　　我审视内心端正操守啊，

　求正气之所由。　　探求天地间正气的源头。

漠虚静以恬愉兮，　　我淡泊清虚快乐恬静啊，

　澹无为而自得。　　安然无为而怡然自乐。

闻赤松之清尘兮，　　听闻赤松子清高绝尘啊，

　愿承风乎遗则。　　我愿继承他所留的定则。

贵真人之休德兮，　　崇尚真人的高尚品德啊，
　美往世之登仙。　　　赞美古人能羽化登仙。
与化去而不见兮，　　形体虽随之转化不见啊，
　名声著而日延。　　　声誉彰显而日渐远扬。

奇傅说之托辰星兮，　　惊奇傅说死后化为星辰，
　羡韩众之得一。　　　艳羡韩众得道升天。
形穆穆以浸远兮，　　形体宁静渐渐远去啊，
　离人群而遁逸。　　　远离人群避世归隐。

因气变而遂曾举兮，　　借精气变化而高飞九天，
　忽神奔而鬼怪。　　　飘忽好像鬼神出没。
时仿佛以遥见兮，　　时而仿佛能远远看见啊，
　精皎皎以往来。　　　精灵闪闪，往来不停。

绝氛埃而淑尤兮，　　超越尘世而极为良善啊，
　终不反其故都。　　　最终却不能回到故都。
免众患而不惧兮，　　避免小人迫害无所畏惧，
　世莫知其所如。　　　世人不知道我的去处。

恐天时之代序兮，　　怕时光流逝季节代换啊，
　耀灵晔而西征。　　　太阳光彩照人西行而去。
微霜降而下沦兮，　　薄霜降临向下沉沦啊，
　悼芳草之先零。　　　悲悼香草率先凋零。

远
游

107

聊彷徉而逍遥兮，　　姑且徘徊游荡来去啊，
永历年而无成！　　　经历年岁我一事无成！
谁可与玩斯遗芳兮，　谁能与我一同赏玩芳草，
晨向风而舒情。　　　早晨面向清风抒发情怀。
高阳邈以远兮，　　　高阳帝离我太过遥远啊，
余将焉所程？　　　　我该去哪里向他学习呢？

　　　　　　　重曰：　又道：
春秋忽其不淹兮，　　春去秋来时光不停啊，
奚久留此故居？　　　何必长久滞留在这旧居？
轩辕不可攀援兮，　　黄帝轩辕氏不可攀附啊，
吾将从王乔而娱戏。　我将跟从王子乔游玩。

　　　　　　hàng xiè
餐六气而饮沆瀣兮，　以天地之气与露水为食，
漱正阳而含朝霞。　　用朝阳和晚霞含漱口腔。
保神明之清澄兮，　　保持心神的清澈澄明啊，
精气入而粗秽除。　　精气吸入而污秽弭除。

顺凯风以从游兮，　　我随着南风去游历四方，
至南巢而壹息。　　　到南巢国就稍事休息。
见王子而宿之兮，　　见到王子乔我就驻足啊，
审壹气之和德。　　　请教修养元气的高术。

　　　　　　　曰：　他说：

"道可受兮，　　　　　"道法可以心领神会啊，

　　　不可传。　　　　不能口说言传。

其小无内兮，　　　　它小到没有内核啊，

　　　其大无垠。　　　大到没有边界。

毋滑而魂兮，　　　　不要扰乱你的心神啊，
（gǔ）

　　　彼将自然。　　　它就将自然出现。

壹气孔神兮，　　　　元气十分神妙啊，

　　　于中夜存。　　　常在夜半时存留。

"虚以待之兮，　　　　"清心等待它来临啊，

　　　无为之先。　　　先不要做任何举动。

庶类以成兮，　　　　万物就是这样生成的啊，

　　　此德之门。"　　　这是得道的法门。"

闻至贵而遂徂兮，　　听了妙言就想前去啊，

　　　忽乎吾将行。　　匆匆忙忙我就要起程。

仍羽人于丹丘兮，　　跟随仙人来到丹丘啊，

　　　留不死之旧乡。　留在长生不老的仙乡。

朝濯发于汤谷兮，　　早晨在汤谷洗我的头发，

夕晞余身兮九阳。　　傍晚在九阳下晒干全身。

吸飞泉之微液兮，　　吸取飞泉谷的神泉水啊，
　　　　（wǎn yǎn）
怀琬琰之华英。　　　怀抱美玉一般华美的花。
（pīng　　wǎn）
玉色頩以脕颜兮，　　我的面色光润照人啊，

　　　精醇粹而始壮。　精神纯粹，身体健壮。

109

质销铄以汋约兮，　　凡胎尽褪姿态柔美啊，
　神要眇以淫放。　　神色美好，精神充沛。

嘉南州之炎德兮，　　称赞南国温暖的气候啊，
　丽桂树之冬荣。　　欣赏桂树冬日长青。
山萧条而无兽兮，　　山中萧索没有走兽啊，
　野寂寞其无人。　　荒野寂寥没有行人。
载营魄而登霞兮，　　带着魂魄登上彩霞啊，
　掩浮云而上征。　　藏身浮云向上飞升。

命天阍其开关兮，　　命令守门人打开天门啊，
　排阊阖而望予。　　他推开天门远远瞧我。
召丰隆使先导兮，　　召唤丰隆做我的先驱啊，
　问大微之所居。　　问他太微星所在何处。

集重阳入帝宫兮，　　升入九天走进天帝宫殿，
造旬始而观清都。　　造访旬始星游览清都宫。
朝发轫于太仪兮，　　早上从太仪宫起程啊，
夕始临乎于微闾。　　傍晚就到了于微闾山。

屯余车之万乘兮，　　我聚集起万乘车驾啊，
　纷容与而并驰。　　一同缓缓前行并驾齐驱。
驾八龙之婉婉兮，　　驾着八龙之车蜿蜒前行，

　　　　　wēi yí
载 云 旗 之 逶 蛇 。　　乘载着云旗迎风舒卷。

　　　　máo
建 雄 虹 之 采 旄 兮 ，　　竖起有彩虹颜色的旗帜，

五 色 杂 而 炫 耀 。　　色彩缤纷，光芒闪耀。
　yǎn jiǎn
服 偃 蹇 以 低 昂 兮 ，　　居中二马高大俯仰自如，
　cān
骖 连 蜷 以 骄 骜 。　　旁侧二马健美肆意奔驰。

骑 胶 葛 以 杂 乱 兮 ，　　车骑交错马杂乱啊，

斑 漫 衍 而 方 行 ；　　纷繁排开，一齐前行。
　　　pèi
撰 余 辔 而 正 策 兮 ，　　抓紧缰绳握紧马鞭啊，
　　　　gōu
吾 将 过 乎 句 芒 。　　我将要途经那神木句芒。

历 太 皓 以 右 转 兮 ，　　经过古帝太皓向右转啊，

前 飞 廉 以 启 路 。　　前面有风神飞廉来开路。
　　gǎo
阳 杲 杲 其 未 光 兮 ，　　太阳明亮还未发光啊，

凌 天 地 以 径 度 。　　越过天地径直向前。

风 伯 为 余 先 驱 兮 ，　　风神飞廉做我的先驱啊，

氛 埃 辟 而 清 凉 。　　扫尽污浊尘埃清凉无比。

凤 凰 翼 其 承 旗 兮 ，　　凤凰羽翼接着连绵的旗，
　　rù
遇 蓐 收 乎 西 皇 。　　在西皇处遇到秋神蓐收。

lǎn
擥 彗 星 以 为 旍 兮 ，　　摘取彗星作为旌旗啊，

举斗柄以为麾。　举起北斗之柄作指挥。

叛陆离其上下兮，　纷繁绚丽上下翻飞啊，

　游惊雾之流波。　在云雾波涛之中漂流。

ài dài　　tǎng
时暧曃其曭莽兮，　天色昏暗朦胧不清啊，

　召玄武而奔属。　召唤玄武神来紧紧跟随。

后文昌使掌行兮，　文昌星在车后带领队伍，

gǔ
选署众神以并毂。　安排好众神并驾同行。

路曼曼其修远兮，　前路漫长而遥远啊，

mǐ
　徐弭节而高厉。　我缓缓驻车高高腾起。

左雨师使径侍兮，　左边是雨神相伴随侍啊，

　右雷公以为卫。　右边是雷神做我的护卫。

欲度世以忘归兮，　愿超脱尘世而忘记回返，

zì suī　　jiē jiǎo
意恣睢以担挢。　放纵心志高飞远举。

内欣欣而自美兮，　心中欢快顾自美好啊，

yú
　聊媮娱以淫乐。　姑且欢乐纵情游玩。

涉青云以泛滥游兮，　渡过云海四处观赏啊，

nì
　忽临睨夫旧乡。　忽然俯瞰到我的故乡。

仆夫怀余心悲兮，　车夫怀念我心中悲伤啊，

　边马顾而不行。　两旁的马回首不愿前行。

思旧故以想象兮，　　　思念故友，想他们相貌，
　　长太息而掩涕。　　　长长叹息而掩面哭泣。
泛容与而遥举兮，　　　漂流漫步我缓缓飞行啊，
　　聊抑志而自弭。　　　姑且压抑情绪自我宽慰。
　　　　mǐ

指炎神而直驰兮，　　　向火神祝融的方向奔驰，
　　吾将往乎南疑。　　　我将要到南方九嶷山去。
览方外之荒忽兮，　　　观览世外的渺远荒芜啊，
　　沛罔象而自浮。　　　就像在波涛万象中沉浮。

祝融戒而还衡兮，　　　祝融劝诫我掉转车头啊，
　　腾告鸾鸟迎宓妃。　　传告给鸾鸟去恭迎宓妃。
　　　　fú
张《咸池》奏《承云》兮，　奏起《咸池》《承云》，
　　二女御《九韶》歌。　　二女又献上《九韶》歌。

使湘灵鼓瑟兮，　　　　让湘水之神来鼓瑟啊，
　　令海若舞冯夷。　　　令海神与河伯共舞。
　chī
玄螭虫象并出进兮，　　黑龙与水怪同进同出啊，
　　liú qiú　wēi yí
　形蟉虬而逶蛇。　　　形体盘旋弯曲自如。

　　ní pián
雌蜺便娟以增挠兮，　　彩霓轻盈美好层层环绕，
　　　zhù
　　鸾鸟轩翥而翔飞。　　鸾鸟高高地展翅而飞。
音乐博衍无终极兮，　　音乐广博而没有极限啊，

焉乃逝以徘徊。　　我于是离去四方徜徉。

舒并节以驰骛兮，　　疏松了缰绳任马狂奔啊，
逴绝垠乎寒门。　　远到北极的严寒之地。
　chuō
轶迅风于清源兮，　　在北方风府超越疾风啊，
从颛顼乎增冰。　　随古帝颛顼踏遍层冰。
　zhuān xū

历玄冥以邪径兮，　　在小路上路遇水神玄冥，
乘间维以反顾。　　在天地间顾盼回首。
召黔嬴而见之兮，　　召唤造化之神来相见啊，
为余先乎平路。　　叫他先行替我铺平道路。

经营四荒兮，　　往来于四方荒凉之地啊，
周流六漠。　　在六合广漠之境周游。
上至列缺兮，　　上触雷电闪烁的空隙啊，
降望大壑。　　下降观看海中巨大沟壑。

下峥嵘而无地兮，　　下方深邃没有了大地，
上寥廓而无天。　　上方空阔没有了天空。
视倏忽而无见兮，　　模模糊糊什么也看不见，
听惝怳而无闻。　　恍恍惚惚什么也听不清。
　chǎng huǎng
超无为以至清兮，　　超越无为境地至于清虚，
与泰初而为邻。　　和泰初元气相伴为邻。

卜　居

屈原

【题解】

"卜"为问卜，"居"为居处，"卜居"即为问卜何处可居，也就是通过占卜，以决定未来应当如何面对世事，如何自处。

关于《卜居》的作者也存有争议，古代研究者多认为是屈原所作，而近世学者多认为是"假托之作"，或楚人在屈原死后哀悼之作。

全篇以屈原问卜开篇，以詹尹的答句收结，中间以数组"宁……将……"的两疑句式贯穿，表现了屈原对当时黑暗社会的不满与愤懑、对理想中美善良信的追求，歌颂了他坚持真理、不愿同流合污的精神。文中虽罗列出不同的选择，但实际屈原心中早有决断。最终詹尹的回答也可以看作屈原对自己思绪的梳理。全篇文采斐然，往复盘旋，句式整齐，不板不散，气势充沛，感情强烈。

这种决疑与问答的体式，是《卜居》最大的特点，常为后人称颂。

屈原既放，三年不得复见。竭知尽忠，而蔽障于谗，心烦虑乱，不知所从。乃往见太卜郑詹尹曰："余有所疑，愿因先生决之。"詹尹乃端策拂龟曰："君将何以教之？"

屈原已经被流放，三年没能再见到楚王。他竭尽智慧与忠诚，却被谗言遮蔽阻塞，心中烦闷，思虑缭乱，不知道该如何是好。于是去拜访太卜郑詹尹，他说："我心有疑虑，想请先生帮我决断。"詹尹于是摆正卜筮用的蓍草，拂拭龟甲，说道："您要说的是什么事？"

屈原曰：	屈原说：
"吾宁悃悃款款， （kǔn）	"我应该忠实诚恳，
朴以忠乎？	质朴又忠诚吗？
将送往劳来，	还是应该迎来送往，
斯无穷乎？	这样直到生命尽头呢？
宁诛锄草茅，	我应该铲除杂草，
以力耕乎？	努力耕耘吗？
将游大人，	还是游访贵族名门，
以成名乎？	以求成名呢？
宁正言不讳，	我应该正直进言不避讳，
以危身乎？	哪怕危及自身呢？
将从俗富贵，	还是随波逐流求富贵，
以偷生乎？	苟且偷生呢？
宁超然高举，	我应该超越世俗远走，
以保真乎？	来保持自己的真性呢？
将呢訾栗斯， （zú zǐ）	还是阿谀献媚，
喔咿儒儿， （wō yī）	豁出脸皮强颜欢笑，
以事妇人乎？	去伺候妇人呢？

宁廉洁正直，　　应该清廉正直，

以自清乎？　　　洁身自好呢？

将突梯滑稽，　　还是应该圆滑世俗，
<small>gù</small>

如脂如韦，　　　像油脂滑腻如牛皮软赖，

以洁楹乎？　　　能顺圆转柱度量世事呢？

"宁昂昂若千里之驹乎？　　"应昂首阔步像千里马？

将泛泛若水中之凫，　　　还是该像水上漂的野鸭，

与波上下，　　　　　　　随着波涛上上下下，

偷以全吾躯乎？　　　　　苟且地保全自身呢？

宁与骐骥亢轭乎？　　　　应该与良驹并驾齐驱呢？
<small>è</small>

将随驽马之迹乎？　　　　还是跟着劣马亦步亦趋？
<small>nú</small>

"宁与黄鹄比翼乎？　　"应和黄鹄比翼齐飞呢？

将与鸡鹜争食乎？　　还是该与鸡鸭争夺吃食？
<small>wù</small>

"此孰吉孰凶？　　"这些事情凶吉如何？

何去何从？　　　我该选择哪个？

"世溷浊而不清：　　"世道污浊而是非不清：
<small>hùn</small>

蝉翼为重，　　　将蝉翼看作为重的，

千钧为轻；　　　将千钧之物视为轻；

黄钟毁弃，　　　把宏大有韵的黄钟毁掉，

瓦釜雷鸣；　　　敲起鄙俗的瓦釜震天响；

谗人高张，　　谗佞小人居高位而跋扈，
贤士无名。　　贤明的人却籍籍无名。
吁嗟默默兮，　无声叹息啊，
谁知吾之廉贞？”　谁了解我的廉洁忠贞？”

詹尹乃释策而谢曰：　詹尹于是放下卜草辞谢：
“夫尺有所短，　“尺有嫌它短的地方，
寸有所长；　寸也有认为长的时候；
物有所不足，　万物都有不足之处，
智有所不明；　智者也有他不懂的地方；
数有所不逮，　卦数有不能算及的事情，
神有所不通。　神灵也有无法传达之时。

“用君之心，　“顺应您的心，
行君之意，　做您乐意之事，
龟策诚不能知此事。”　占卜实在料不到这些。”

渔 父

屈原

【题解】

一般认为,《渔父》创作于屈原遭到流放后,在政治上受到重大打击,人生与国家命运都处在动荡变化之时。《渔父》与《卜居》可看作姊妹篇,两篇都是以二人问答的形式展现,前者主要表达自身的高尚节操,后者重点揭露黑暗政治。

全篇以屈原与渔父的一问一答,引出屈原洁身自好、不同流合污、愿舍生取义的高洁情操,与《离骚》体现出的精神是一致的;同时也展现了渔父随遇而安、寄情山水的淡泊隐世情怀。全篇表现了两种全然不同的人生态度和思想观点。

《渔父》广受后世推崇,与"渔父"形象的树立分不开。魏晋唐宋以来,归隐自由的社会风气兴起,使得渔父波澜不惊的个性和自得其乐的生活方式备受文人向往,从而"渔父"这样一个隐士的形象得以常见于后世的文学创作中。

屈原既放,游于江潭,行吟泽畔,颜色憔悴,形容枯槁。渔父^{fǔ}见而问之曰:"子非三闾大夫与?何故至于斯?"

屈原已被放逐,在江边漫游,在湖畔吟咏,面容憔悴,身形枯瘦。有一打鱼老翁见到他便问道:"您不是三闾大夫吗?为什么沦落到这种田地?"

屈原曰： 屈原说：

"举世皆浊我独清， "世间都污浊唯我清洁，

众人皆醉我独醒， 众人都喝醉只有我醒着。

是以见放。" 因此被放逐。"

渔父曰： 渔父说：

"圣人不凝滞于物， "圣人不受外物束缚，

而能与世推移。 能随世界变化而发展。

世人皆浊， 世界上的人都污浊，

何不淈(gǔ)其泥而扬其波？ 您为何不搅浑泥扬波涛？

众人皆醉， 既然众人都喝醉了，

何不餔(bū)其糟而歠(chuò)其醨(lí)？ 您为何不吃酒糟喝淡酒？

何故深思高举， 为何要思深远行高尚，

自令放为？" 让自己被放逐呢？"

屈原曰： 屈原说：

"吾闻之， "我听说，

新沐者必弹冠， 刚洗过头发要掸掸帽子，

新浴者必振衣。 刚洗过澡要抖抖衣服。

安能以身之察察， 我怎么能让清洁的自身，

受物之汶汶者乎！ 受到外物的玷污呢！

宁赴湘流， 我宁愿跳入湘江，

葬于江鱼之腹中， 葬身在江鱼的肚腹。

安能以皓皓之白， 我怎么能让清白的名声，

而蒙世俗之尘埃乎！"　　蒙上世俗飞扬的污尘！"

渔父莞尔而笑，　　渔父微微一笑，
鼓_{yi}枻而去，歌曰：　　挥舞船桨离去，唱道：
"沧浪之水清兮，　　"沧浪之水清澈啊，
　可以濯吾缨；　　可以洗我的帽缨；
沧浪之水浊兮，　　沧浪之水污浊啊，
　可以濯吾足。"　　可以洗我的双脚。"
遂去，不复与言。　　于是远去，不再对话。

渔
父

121

大 招

屈原

【题解】

"大招"之"招"为招魂之"招"。《大招》与《招魂》两篇并称"二招"。

关于《大招》的作者和所招为何人之魂，历来讨论甚多，至今尚无定论。通常认为该篇为屈原或景差所作。至于其所招之魂为何人，有以下两种观点较为通行：一招屈原之魂，是为屈原自招或其弟子景差所招；二为招楚威王或楚怀王之魂。这里取《大招》为屈原招楚王之魂一说。

关于《大招》的创作时间，通常认为较《招魂》更早。无论是通过语言分析还是作者分析，得出的都是这个观点。

《大招》在内容上可分两部分：先极力渲染四方险恶，使魂不去往这些地方；而后着意描绘当前楚国之美，称颂楚国的饮食、乐舞、美人、宫室，称颂楚国政治清明、人民安居、贤能并举，使得灵魂愿被招回楚国。而后者实际上就是屈原理想中楚国应有的美政。故该篇并非单一的招魂辞，还蕴含着屈原对楚怀王的无限忠心和深刻感情。

全篇几乎均为四言句，显得简洁整齐、古朴典雅，反映了屈原早年的创作风格。文字精练，却不乏对景物、人文等的大段铺陈描写，展现出一幅幅奇谲诡异、绚丽多姿的画面，显示了由辞到赋的发展与转变。

青春受谢， 　冬日离去春日到来，

白日昭只。 　阳光灿烂辉煌啊。

春气奋发， 　春天气息勃勃萌发，

万物遽（jù）只。 　世间万物竞相生长啊。

冥凌浃行， 　北方之神驰骋天地四方，

魂无逃只。 　魂魄啊，你不要逃。

魂魄归来！ 　魂魄归来吧！

无远遥只。 　不要去遥远的地方啊。

魂乎归来！ 　魂魄归来吧！

无东无西， 　别去东方和西方，

无南无北只。 　别去南方和北方！

东有大海， 　东方有浩瀚海洋，

溺水淍（yóu）淍只。 　海水深远又有急流啊。

螭（chī）龙并流， 　螭龙随水游动，

上下悠悠只。 　上下漂流啊。

雾雨淫淫， 　蒙蒙细雨连绵不绝，

白皓胶只。 　天地间白茫茫一片。

魂乎无东， 　魂魄啊，别到东方去，

汤谷寂寥（yáng）只！ 　汤谷太过空阔寂静啊！

魂乎无南！　　魂魄啊，别到南方去！

南有炎火千里，　南方有千里的火焰，

蝮蛇蜓只。　　蝮蛇巨大蜿蜒穿行。

山林险隘，　　深山密林险峻狭隘，

虎豹蜿只。　　老虎豹子遍地出没。

鰅_{yóngyōng}鳙短狐，　还有怪鱼和短狐，

王虺骞只。^{huǐ}　大蛇也昂起头啊。

魂乎无南，　　魂魄啊，别到南方去，

蜮伤躬只！^{yù}　鬼蜮会伤害你的身体！

魂乎无西！　　魂魄啊，别到西方去！

西方流沙，　　西方有遍地流沙，

漭洋洋只。^{mǎng}　广大没有边际啊。

豕首纵目，　　怪物长着猪头竖眼，

被发鬤只。^{ráng}　披着头发很散乱啊。

长爪踞牙，　　长长的爪子锋利的牙，

诶笑狂只。^{xī}　狞笑不止很癫狂啊。

魂乎无西，　　魂魄啊，别到西方去，

多害伤只！　　有太多害人的事物啊！

魂乎无北！　　魂魄啊，别到北方去！

北有寒山，　　北方有极寒之山，

逴龙赩只。^{chuō　xì}　烛龙通体赤红啊。

楚
辞

代水不可涉， 代水不能渡过，

深不可测只。 水深几何无从测定啊。

天白颢颢， 天空一片洁白茫茫，
（hào）

寒凝凝只。 寒冰凝结在地啊。

魂乎无往， 魂魄啊，别到北方去，

盈北极只！ 北方充满了寒冰霜雪啊！

魂魄归来！ 魂魄归来吧！

闲以静只。 这里闲适又宁静啊。

自恣荆楚， 在荆楚大地无拘无束，

安以定只。 安详又稳定啊。

逞志究欲， 一切称心如意，

心意安只。 思虑可以安然啊。

穷身永乐， 终生都很快乐，

年寿延只。 年岁也能绵延啊。

魂乎归来， 魂魄归来吧，

乐不可言只！ 这里的快乐说不尽啊！

五谷六仞， 五谷丰收堆得六仞多高，

设菰粱只。 还布好了菰米饭啊。
（ér）

鼎臑盈望， 大鼎里盛满了煮熟的肉，

和致芳只。 调味协和芳香四溢啊。
（cāng）

内鸧鸽鹄， 肥嫩的鸧肉鸽肉天鹅肉，

味豺羹只。　　将豺肉也调味做羹汤啊。

魂乎归来，　　魂魄归来吧，

恣所尝只！　　请来随意品尝啊！

鲜蠵甘鸡，^{xī}　　新鲜的大龟和甘美的鸡，

和楚酪只。　　再加上楚国的奶酪啊。

醢豚苦狗，^{hǎi}　　乳猪酱用狗肉苦胆调和，

脍苴蓴只。^{kuài jū pò}　　又切细蘘荷作调料啊。

吴酸蒿蒌，^{hāo lóu}　　吴人腌制的蒿蒌酸菜，

不沾薄只。　　不咸不淡味道正好啊。

魂兮归来，　　魂魄归来吧，

恣所择只！　　请来随意选择啊！

炙鸹烝凫，^{guā zhēng}　　烤鸹鸟，蒸野鸭，

煔鹑陈只。^{qián chún}　　煮了鹌鹑也桌上摆啊。

煎鰿臄雀，^{jì huò}　　鲫鱼煎香，雀做肉羹，

遽爽存只。^{jù}　　于是能大快朵颐啊。

魂乎归来，　　魂魄归来吧，

丽以先只！　　美味已经摆上来啊！

四酎并孰，^{zhòu}　　四重酿造的酒已醇熟，

不涩嗌只。^{yì}　　喝起来一点不涩喉咙啊。

清馨冻饮，　　气味芳香的冰镇酒，

楚辞

126

不歠役只。 不是奴仆有福享用的啊。

吴醴白蘗， 用白曲酿造的吴国甜酒，

和楚沥只。 掺上楚国的沥酒啊。

魂乎归来， 魂魄归来吧，

不遽惕只！ 不必太急着享用啊！

代秦郑卫， 代、秦、郑、卫的乐曲，

鸣竽张只。 鸣响竽管奏起歌啊。

伏戏《驾辩》， 吹奏伏羲《驾辩》曲，

楚《劳商》只。 又奏楚国《劳商》啊。

讴和《扬阿》， 齐声清唱《扬阿》啊，

赵箫倡只。 赵地箫乐领声悠扬。

魂乎归来， 魂魄归来吧，

定空桑只！ 为空桑之瑟定音啊！

二八接舞， 十六位佳人接连起舞，

投诗赋只。 配合着诗赋的节拍啊。

叩钟调磬， 扣响钟和磬，

娱人乱只。 愉悦人心使人快乐啊。

四上竞气， 四部音乐依次渐强，

极声变只。 穷极了音乐的变化啊。

魂乎归来， 魂魄归来吧，

听歌譔只！ 视听乐曲都具备了啊！

朱唇皓齿，　　美人唇红齿白，

_{hù} _{kuā}
嫭以姱只。　　样貌美好啊。

比德好闲，　　品德高尚性格娴静，

习以都只。　　熟习礼节又高雅啊。

丰肉微骨，　　肌肤丰腴骨相纤细，

调以娱只。　　性情温和使人快乐啊。

魂乎归来，　　魂魄归来吧，

安以舒只！　　过得安恬又舒心啊！

_{hù}
嫭目宜笑，　　美目传情带笑，

蛾眉曼只。　　蛾眉弯弯细长。

容则秀雅，　　姿容秀丽典雅，

稚朱颜只。　　脸颊嫩粉透亮。

魂乎归来，　　魂魄归来吧，

静以安只！　　你会宁静又安详！

_{kuā}
姱修滂浩，　　身形高挑性格好，

丽以佳只。　　美女漂亮又温柔。

曾颊倚耳，　　面颊丰润耳又巧，

曲眉规只。　　弯弯眉毛如规画成。

滂心绰态，　　心胸宽阔，风姿绰约，

姣丽施只。　　姣好美丽尽数展现啊。

小腰秀颈，　　腰肢纤细脖颈长，

若鲜卑只。　　好像系着束带啊。

魂乎归来，　　魂魄归来吧，

思怨移只！　　哀怨的思绪会消除啊！

易中利心，　　性格和悦心伶俐，

以动作只。　　动作灵活又敏捷。

粉白黛黑，　　白的脂粉黑的眉黛，

施芳泽只。　　又涂香膏更芬芳。

长袂^{mèi}拂面，　　长袖拂过面庞，

善留客只。　　善于留下客人啊。

魂乎归来，　　魂魄归来吧，

以娱昔只！　　来度过欢愉长宵啊！

青色直眉，　　青黑色的眉毛细又长，

美目媔^{mián}只。　　美丽的眼睛惹人喜爱啊。

靥^{yè}辅奇牙，　　两颊有酒窝，玉齿齐整，

宜笑嘕^{xiān}只。　　一笑起来真漂亮。

丰肉微骨，　　肌肤丰腴骨相纤细，

体便^{pián}娟只。　　体态轻盈秀美啊。

魂乎归来，　　魂魄归来吧，

恣所便只！　　随意安享啊！

夏屋广大，　　房屋宽敞阔大，

沙堂秀只。　　丹砂涂饰殿堂华美啊。

南房小坛，　　　南面厢房有闲静庭院，

观绝霤只。　　　楼观高耸超越屋檐。

曲屋步壛，　　　弯曲的阁道与长廊，

宜扰畜只。　　　适宜驯养鸟兽啊。

腾驾步游，　　　驾驭车马外出漫游，

猎春囿只。　　　在春日林苑中行猎啊。

琼毂错衡，　　　美玉般的车轮涂金的梁，

英华假只。　　　华美放光照耀四方啊。

茝兰桂树，　　　白芷兰草和桂花树，

郁弥路只。　　　繁茂地长满道路啊。

魂乎归来，　　　魂魄归来吧，

恣志虑只！　　　随您的意愿四处游玩啊！

孔雀盈园，　　　孔雀满园遍是，

畜鸾凰只。　　　又驯养了鸾鸟和凤凰。

鹍鸿群晨，　　　鹍鸡鸿雁清晨聚起鸣叫，

杂鹙鸧只。　　　还杂有秃鹙的叫声啊。

鸿鹄代游，　　　鸿鹄交替入水浮游，

曼鹔鹴只。　　　鹔鹴漫天飞翔啊。

魂乎归来，　　　魂魄归来吧，

凤凰翔只！　　　凤凰正展翅翱翔啊！

曼泽怡面，　　面色莹润喜上眉梢，

血气盛只。　　年轻健壮血气旺盛啊。

永宜厥身，　　您的身体永远康健，

保寿命只。　　寿命也永远延长。

室家盈廷，　　世家宗族满盈朝廷，

爵禄盛只。　　官位俸禄都昌盛。

魂乎归来，　　魂魄归来吧，

居室定只！　　住所已经安排定啊！

接径千里，　　道路相接通往四面八方，

出若云只。　　出行时护卫云集啊。

三圭重侯，　　高官贵爵俱在，

听类神只。　　听审诉讼好像神明啊。

察笃夭隐，　　明察夭儿和疾苦，

孤寡存只。　　抚恤孤儿寡母啊。

魂乎归来，　　魂魄归来吧，

正始昆只！　　政事的先后很公平啊！

zhěn
田邑千畛，　　楚国城乡中有千条道路，

人阜昌只。　　人口众多国家昌盛啊。

美冒众流，　　美政之果福泽百姓众生，

德泽章只。　　君王的德泽昭彰天下啊。

先威后文，　　先施威，后仁政，

善美明只。　　既善又美世事明亮。

131

魂乎归来，　　魂魄归来吧，
赏罚当只！　　楚国的赏罚很得当啊！

名声若日，　　声名好像天上红日，
照四海只。　　光芒万丈照耀四方。
德誉配天，　　德行荣誉与天可媲美，
万民理只。　　天下百姓治理得当啊。
北至幽陵，　　北方到达古幽州，
南交阯只。　　南方至于交阯远。
西薄羊肠，　　西方到达羊肠山，
东穷海只。　　东方直穷尽大海。
魂乎归来，　　魂魄归来吧，
尚贤士只！　　楚国崇尚贤明之士啊！

发政献行，　　君王发布政令臣子进谏，
禁苛暴只。　　严禁苛政与暴虐。
举杰压陛，　　选贤举能布满朝堂，
诛讥罢只。　　责备罢黜无能庸人。
直赢在位，　　正直的人担当重任，
近禹麾只。　　听从圣明之君的指挥。
豪杰执政，　　英雄豪杰把持政局，
流泽施只。　　清流德泽滋润人民。
魂乎归来，　　魂魄归来吧，
国家为只！　　楚国朝堂有所作为了啊！

雄雄赫赫，　　声名雄伟天下煊赫，

天德明只。　　如同上天般德行圣明。

三公穆穆，　　三公端庄又恭敬，

登降堂只。　　一同进入朝堂啊。

诸侯毕极，　　诸侯都来朝拜，

立九卿只。　　设立九卿之职啊。

昭质既设，　　箭靶已经摆好，

大侯张只。　　布靶也已张立。

执弓挟矢，　　拿着弓，夹着箭，

揖辞让只。　　拱手行礼相互谦让啊。

魂乎归来，　　魂魄归来吧，

尚三王只！　　崇尚古时的三位明君啊！

九　辩

宋玉

【题解】

《九辩》是战国时楚国文学家宋玉创作的长篇抒情诗。

关于《九辩》作者及创作时间的观点总体比较统一，就是屈原弟子宋玉于楚顷襄王时期所作。关于"九辩"二字的意义，通常有两种说法。一从王逸《楚辞章句》，释"辩"为"变"，九辩即"陈道德以变说君"。二从王夫之《楚辞通释》，"辩犹遍也。一阕谓之一遍"，言宋玉《九辩》乃效仿夏启《九辩》之名所作的新篇。多从后一说。

关于《九辩》的主旨则说法不一，有放逐感志说，有代屈原立言说，还有自悯身世说。全篇以悲叹秋景抒写宋玉个人志向不得实现的哀愁，把秋日草木凋落、山川萧瑟的自然景象，与政治上的失意，及心绪难宁的悲怆进行了有机结合。不仅抒发了个人层面的悲哀，还表达了对社会黑暗、君王昏聩的感慨，同时又一如屈原，树立了自身处于污浊而不被侵染的高尚情操。借景抒情，融情于景，句法多变，巧妙运用双声叠韵及叠字，使得全篇音调畅快、节奏顿挫，饶有音乐美，渲染出一股排遣不去、反复缠绵的悲剧气息，具有很强的艺术感染力。王夫之赞道："其词激宕淋漓，异于风雅，盖楚声也。后世赋体之兴，皆祖于此。"

一

悲哉，　　　悲凉啊，

秋之为气也！　这秋日的气氛！

萧瑟兮，　　　一片萧瑟啊，

草木摇落而变衰。　草木摇动凋零干枯变黄。

憭慄兮，　　　心中凄凉啊，
liáo lì

若在远行；　　好像人在远行的路途；

登山临水兮，　又像登上山峰面朝江水，

送将归。　　　送人踏上归程。

沉寥兮，　　　清朗空旷啊，
xuè

天高而气清。　天空很高秋风送爽。

寂寥兮，　　　平静清澈啊，

收潦而水清。　积雨消退水波透明。
lǎo

憯凄增欷兮，　凄凉叹息啊，
cǎn　xī

薄寒之中人。　微薄的寒意袭人。

怆怳懭悢兮，　恍惚惆怅啊，
chuàng huǎng kuǎng lǎng

去故而就新。　离开故乡去往新地。

坎廪兮，　　　人生坎坷啊，
lǐn

贫士失职而志不平。　寒士丢官心中不平。

廓落兮，　　　空虚寂寞啊，

羁旅而无友生。　异乡为客没有亲朋。

惆怅兮，　　　失意伤感啊，

而私自怜。　　暗中同情自身。

燕翩翩其辞归兮，　　燕子翩飞辞北归南啊，

蝉寂寞而无声；　　寒蝉静默没有声音；

雁^{yōng}雍雍而南游兮，　　大雁高声鸣叫飞向南方，

鹍^{kūn}鸡啁^{zhāo}哳^{zhā}而悲鸣。　　鹍鸡叽喳叫得悲伤。

独申旦而不寐兮，　　独自通宵达旦不能成眠，

哀蟋蟀之宵征。　　悲哀蟋蟀彻夜前行。

时^{wěi}亹亹而过中兮，　　时光飞逝已过半生啊，

蹇^{jiǎn}淹留而无成！　　我滞留在外一事无成！

二

悲忧穷戚兮独处廓，　　悲伤困苦啊孤独空虚，

有美一人兮心不绎。　　有位美人啊心中不悦。

去乡离家兮来远客，　　离开家乡啊客居远方，

超逍遥兮今焉薄？　　漂泊无依啊现去哪里？

专思君兮不可化，　　一心念君啊他顽固不化，

君不知兮可奈何！　　君王不理解啊我该如何！

蓄怨兮积思，　　怨恨蓄积啊思虑又甚，

心烦憺^{dàn}兮忘食事。　　心中烦忧啊废寝忘食。

愿一见兮道余意，　　想见一面啊诉说衷情，

君之心兮与余异。　君王之心啊和我迥异。

车既驾兮 揭(qiè)而归，　驾好车啊去了又返回，

不得见兮心伤悲。　不能见君啊我心伤悲。

倚结轹(líng)兮长太息，　依靠车栏啊长长叹息，

涕潺湲兮下沾轼。　眼泪涌流啊沾湿车轼。

忼(kǎng)慨绝兮不得，　愤然断绝啊却不能够，

中瞀(mào)乱兮迷惑。　心中烦乱啊迷惑不解。

私自怜兮何极？　自爱自怜啊何时能了？

心怦怦兮谅直。　心急如焚啊我诚信正直。

三

皇天平分四时兮，　上天将一年平分成四季，

　窃独悲此凛秋。　我独为这寒秋感到悲伤。

白露既下百草兮，　白露一旦落在草木之上，

　奄离披此梧(yǎn)楸(qiū)。　枯叶就飘零于梧楸梢头。

去白日之昭昭兮，　离开白天明亮的日光啊，

　袭长夜之悠悠。　接着就是那漫漫的长夜。

离芳蔼之方壮兮，　告别了壮年的芳香繁盛，

　余萎约而悲愁。　我委顿困窘而悲怆忧愁。

秋既先戒以白露兮，　秋日已先用白露来告诫，

冬又申之以严霜。　　冬季又加上一层寒霜。

收恢台之孟夏兮，　　收起了盛夏的勃勃生机，
然欿^{kǎn chì}傺而沉藏。　　万物停止生长深深隐藏。

叶^{yù}菸邑而无色兮，　　树叶干枯而失去光彩啊，
枝烦挐^{rú}而交横。　　只剩枝条纷乱横纵交错。

颜淫溢而将罢^{pí}兮，　　形貌枯瘦将要凋零啊，
柯仿佛而萎黄。　　枝干大略都已枯黄。

蓇^{shāo xiāo sēn}槮之可哀兮，　　枝头光秃令人悲哀啊，
形销铄而瘵伤。　　姿态憔悴气血枯残。

惟其纷糅而将落兮，　　想到草木纷乱将零落啊，
恨其失时而无当。　　遗憾不遇明君徒失时光。

擥^{lǎn fēi pèi}騑辔而下节兮，　　抓住缰绳停下车马啊，
聊逍遥以相佯。　　姑且在此徘徊又游荡。

岁忽忽而遒尽兮，　　岁月匆匆流逝待尽啊，
恐余寿之弗将。　　恐怕我的寿命也难久长。

悼余生之不时兮，　　悲悼我生不逢时啊，
逢此世之俇^{kuāng}攘。　　遇到了这样纷乱的世道。

澹容与而独倚兮，　　淡泊闲散我独自倚门啊，
蟋蟀鸣此西堂。　　听见蟋蟀在这西堂鸣唱。

心怵惕而震荡兮，　　满怀惊恐而心神不定啊，
何所忧之多方。　　如此多的忧愁涌上心头。

卬^{yǎng}明月而太息兮，　　仰望明月我长长叹息啊，
步列星而极明。　　在星河下漫步直到天明。

四

窃悲夫蕙华之曾^{céng}敷兮，　　我悲伤那蕙花层叠开放，
　　纷旖^{yǐ nǐ}旎乎都房。　　　纷繁柔美布满华丽宫堂。

何曾华之无实兮，　　　　为何花朵众多不结果啊，
　　从风雨而飞飏！　　　随着风雨飘荡四方！

以为君独服此蕙兮，　　　以为君王独爱佩带蕙草，
　　羌无以异于众芳。　　原来对它和其他花一样。

闵奇思之不通兮，　　　　因出众想法不通达悲伤，
　　将去君而高翔。　　　我将离开国君远远翱翔。

心闵怜之惨凄兮，　　　　心中哀伤又凄惨啊，
　　愿一见而有明。　　　希望见君王面表述衷肠。

重无怨而生离兮，　　　　自诩没有罪怨却被放逐，
　　中结轸^{zhěn}而增伤。　内心郁结徒增忧伤。

岂不郁陶而思君兮？　　　哪能不忧心忡忡念君王？
　　君之门以九重。　　　奈何君王之门有九重深。

猛犬狺^{yín}狺而迎吠兮，　守门烈犬对着人狂吠啊，
　　关梁闭而不通。　　　城门和吊桥都闭塞不通。

皇天淫溢而秋霖兮，　　　上天降下了秋雨连绵啊，
　　后土何时而得干？　　大地什么时候才能变干？

块独守此无泽兮，　　　　孤独守候在这荒芜沼泽，
　　仰浮云而永叹！　　　仰观浮云我长久哀叹！

五

何时俗之工巧兮，　　　为何流俗是投机取巧啊，

背绳墨而改错？　　　　背离法度改变正确举措？

却骐骥而不乘兮，　　　有骏马却不去乘坐啊，

策驽骀而取路。　　　　鞭策劣马而取道上路。
（nú tái）

当世岂无骐骥兮，　　　当下世道难道没有骏马，

诚莫之能善御。　　　　实在是没有人善于驾驭。

见执辔者非其人兮，　　看到握缰绳的并非内行，
（pèi）

故骎跳而远去。　　　　骏马于是扬蹄远去。
（jú）

凫雁皆唼夫粱藻兮，　　野鸭大雁都吃粟藻啊，
（shà）

凤愈飘翔而高举。　　　凤凰则更加高飞远去。

圆凿而方枘兮，　　　　圆榫眼遇到方榫头啊，
（yuán）（ruì）

吾固知其钼铻而难入。　我本知晓二者抵触难进。
（jǔ yǔ）

众鸟皆有所登栖兮，　　群鸟都有了栖身之所啊，

凤独遑遑而无所集。　　唯有凤凰往来无处歇脚。

愿衔枚而无言兮，　　　我愿衔枚而闭口不言啊，

尝被君之渥洽。　　　　又想起曾受到君王恩泽。

太公九十乃显荣兮，　　姜太公九十才显赫尊荣，

诚未遇其匹合。　　　　正因为之前没遇到明主。

谓骐骥兮安归？　　　　骏马啊归宿在哪里？

谓凤凰兮安栖？　　凤凰啊栖息在何处？

变古易俗兮世衰，　　改变风俗啊世风日下，

今之相者兮举肥。　　当今相马的人只看膘肥。

骐骥伏匿而不见兮，　　所以骏马隐藏不出现啊，

凤凰高飞而不下。　　凤凰高飞九天不再降临。

鸟兽犹知怀德兮，　　禽鸟走兽都知怀念恩德，

何云贤士之不处！　　为何怪罪贤士不留朝野！

骐不骤进而求服兮，　　骏马不会为奔跑而驾车，

凤亦不贪喂而妄食。　　凤凰也不会因贪婪乱吃。

君弃远而不察兮，　　君主远弃贤士而不明察，

虽愿忠其焉得？　　就算想效忠又怎么能行？

欲寂寞而绝端兮，　　想自甘寂寞断绝进谏啊，

窃不敢忘初之厚德。　　又不敢忘却当初的恩德。

独悲愁其伤人兮，　　独自悲愁，令人伤怀啊，
　　　píng
冯郁郁其何极？　　满腔愤懑哪里才是尽头？

六

霜露惨凄而交下兮，　　霜露齐降悲惨凄然啊，

心尚幸其弗济。　　心中希望它们坏事难成。
　xiàn　fēn
霰雪雰糅其增加兮，　　雪珠雪花夹杂越下越大，

乃知遭命之将至。　　我就知道厄运即将来临。

愿徼^{jiǎo}幸而有待兮，　　心存侥幸地等待啊，

泊莽莽与野草同死。　　但不再生长和野草同死。

愿自直而径往兮，　　想要自行申辩径直前行，

　　路壅绝而不通。　　路途阻塞而无法通行。

欲循道而平驱兮，　　想要沿着大道平稳驱驰，

　　又未知其所从。　　又不知道该将谁跟从。

然中路而迷惑兮，　　走到半路心中迷惑啊，

　　自压按而学诵。　　压抑心绪而创作吟诵。

性愚陋以褊^{biǎn}浅兮，　　天资愚钝胸襟又狭隘，

　　信未达乎从容。　　实在不知如何余裕满满。

窃美申包胥之气盛兮，　　我赞美申包胥意气旺盛，

　　恐时世之不固。　　只怕现下世道不复从前。

何时俗之工巧兮，　　为何流俗是投机取巧啊，

　　灭规矩而改凿？　　毁弃规则又更改了法度？

独耿介而不随兮，　　我独自正直不随波逐流，

　　愿慕先圣之遗教。　　想遵从先贤留下的教诲。

处浊世而显荣兮，　　身处污浊世道而显贵啊，

　　非余心之所乐。　　这不是我心中所喜欢的。

与其无义而有名兮，　　与其没有道义却有名气，

　　宁穷处而守高。　　我宁愿困窘而保守高义。

食不偷而为饱兮， 不能为吃饱而苟且求食，

　　衣不苟而为温。 不能为保暖而苟且索衣。

窃慕诗人之遗风兮， 我崇尚诗人留下的风姿，

　　愿托志乎素餐。 愿寄托志向于粗茶淡饭。

jiǎn
蹇充倔而无端兮， 委屈满腹没有头绪啊，

　　泊莽莽而无垠。 像那荒野茫茫没有边际。

无衣裘以御冬兮， 没有皮裘来抵御寒冬啊，

kè
恐溘死不得见乎阳春。 恐怕突然死去不见春日。

七

jìng miǎo
靓杪秋之遥夜兮， 幽静的晚秋长夜漫漫啊，

lì
　　心缭悷而有哀。 忧思萦绕郁结哀怨不绝。

chuō
春秋逴逴而日高兮， 春秋岁月逝去年龄变老，

　　然惆怅而自悲。 就这样惆怅而自感悲凉。

四时递来而卒岁兮， 四季更替这一年要结束，

　　阴阳不可与俪偕。 日与月不能在天上并行。

wǎn
白日晼晚其将入兮， 太阳西落傍晚将至啊，

　　明月销铄而减毁。 明亮月光憔悴而亏损。

岁忽忽而遒尽兮， 岁月匆匆将走到尽头啊，

　　老冉冉而愈弛。 晚年渐渐迫近愈发松懈。

心摇悦而日幸兮， 内心喜悦而每日庆幸啊，

然怊^{chāo}怅而无冀。　　却如此惆怅又毫无希望。

中憯^{cǎn}恻之凄怆兮，　　心中悲痛伤感怆然啊，

长太息而增欷。　　久久长叹泣涕难当。

年洋洋以日往兮，　　时光如水每日东去啊，

老嵺^{liáo}廓而无处。　　年老空虚无处安身。

事亹^{wěi}亹而觊进兮，　　做事勤勉渴望加官，

蹇^{jiǎn}淹留而踌躇。　　但因顿停留徘徊不前。

八

何泛滥之浮云兮？　　为何云彩浮游漫布满天？

猋^{biāo}壅蔽此明月。　　迅疾地遮蔽了明亮月光。

忠昭昭而愿见兮，　　忠心耿耿期望得见君王，

然阴曀^{yì}而莫达。　　然而风云蔽日不能实现。

愿皓日之显行兮，　　祈愿明亮的太阳放光芒，

云蒙蒙而蔽之。　　云雾蒙蒙却将它遮蔽。

窃不自料而愿忠兮，　　我愿尽忠而不在乎生死，

或黕^{dǎn}点而污之。　　有人以谗言把我污蔑。

尧舜之抗行兮，　　尧与舜坚持高尚的德行，

瞭冥冥而薄天。　　光明昭昭可与天媲美。

何险巇^{xī}之嫉妒兮，　　为何遭到险恶小人嫉妒，

被以不慈之伪名！　　加之以不仁的恶劣名声！

彼日月之照明兮，　　那日与月的光辉啊，
　尚黯黮^{àn tǎn}而有瑕。　尚且有昏暗与瑕疵之时。
何况一国之事兮，　　何况治理国家大事啊，
　亦多端而胶加。　　更是纷繁复杂纠缠不清。

九
辩

被荷裯^{dāo}之晏晏兮，　披着轻柔的荷叶短衣，
然潢^{huáng}洋而不可带。　然而非常宽大不能系结。
既骄美而伐武兮，　　骄傲美德又爱武力征伐，
　负左右之耿介。　　辜负左右正直臣子进言。
憎愠怆^{yùn lǔn}之修美兮，憎恨不善表达的忠臣啊，
　好夫人之慷慨。　　喜欢那小人伪装的慷慨。
众踥蹀^{qiè dié}而日进兮，众人小跑着日渐升官啊，
　美超远而逾迈。　　有德之人远远避开离去。
农夫辍耕而容与兮，　农夫停止耕作而漫步啊，
　恐田野之芜秽。　　又恐怕田间地头会荒废。
事绵绵而多私兮，　　事项连续不绝充满私欲，
　窃悼后之危败。　　暗自悲悼以后危险败亡。
世雷同而炫曜^{yào}兮，世人都结党而大行夸耀，
　何毁誉之昧昧！　　为何毁谤称赞混惑不清！

今修饰而窥镜兮，　　如今认真打扮照着镜子，

后尚可以窜藏。　　以后尚且能隐匿潜藏。

愿寄言夫流星兮，　　希望能让流星为我传话，

羌倐忽而难当。　　它却迅疾离去不能等待。

卒壅蔽此浮云兮，　　最终还是被浮云阻塞啊，

下暗漠而无光。　　地上一片昏暗没有光明。

九

尧舜皆有所举任兮，　　尧与舜都选贤举能啊，

故高枕而自适。　　所以高枕无忧非常从容。

谅无怨于天下兮，　　实在不受天下人怨恨啊，

心焉取此怵惕？　　心中哪有什么警惕戒惧？

乘骐骥之浏浏兮，　　骑乘骏马破风前行啊，

驭安用夫强策？　　驾驭哪用得上粗重马鞭？

谅城郭之不足恃兮，　　想那城墙都不足以依靠，

虽重介之何益？　　即便铠甲厚重有什么用？

zhān
邅翼翼而无终兮，　　艰难地前行没有终了啊，
tún hūn
忳惛惛而愁约。　　忧愁烦闷沉思萦绕心中。

生天地之若过兮，　　活在天地间仿佛过客啊，

功不成而无效。　　功绩不成效力徒劳。

愿沉滞而不见兮，　　想要沉沦于此不再见君，

尚欲布名乎天下。　　又还想将名声博扬四海。

146

　　　　huáng
然潢洋而不遇兮，　　　而水深宽广不遇明主啊，
　　　kòumào
　直怐愗而自苦。　　　固执正直是自讨苦吃。

莽洋洋而无极兮，　　　渺茫一片没有尽头啊，
　忽翱翔之焉薄？　　　恍惚能飞翔到哪里去呢？
国有骥而不知乘兮，　　国有骏马而不知去乘驾，
　焉皇皇而更索？　　　又堂皇地寻求些什么呢？

宁戚讴于车下兮，　　　宁戚在车前唱起歌啊，
　桓公闻而知之。　　　齐桓公听到便知其才华。
无伯乐之善相兮，　　　没有伯乐善于相马啊，
　今谁使乎誉之？　　　如今谁能使那骏马名扬？

罔流涕以聊虑兮，　　　怅惘流泪深深思虑啊，
　惟著意而得之。　　　只有用心才能寻得贤人。
纷纯纯之愿忠兮，　　　满怀着真纯渴望尽忠啊，
　妒被离而障之。　　　谗邪小人嫉妒阻碍我。

愿赐不肖之躯而别离兮，　就让没出息的我远去啊，
　放游志乎云中。　　　放我的志向游荡在云间。
　　　tuán
乘精气之抟抟兮，　　　乘坐着凝聚成团的元气，
　骛诸神之湛湛。　　　追寻那众多天上的神明。
　　cān
骖白霓之习习兮，　　　以那飞动的白虹为骖马，
　历群灵之丰丰。　　　经过众多神灵的面前。

147

左朱雀之茇茇兮，　　左有朱雀振翅飞翔啊，

右苍龙之躍躍。　　　右有苍龙奔走跃行。

属雷师之阗阗兮，　　叮嘱雷公使响雷震天啊，

通飞廉之衔衔。　　　通告风神飞廉让他跟从。

前轻辌之锵锵兮，　　前有轻车锵锵先行啊，

后辎乘之从从。　　　后有辎重的车驾随从。

载云旗之委蛇兮，　　乘载着随风飘扬的云旗，

扈屯骑之容容。　　　跟从着纷纭众多的骑兵。

计专专之不可化兮，　计议专心不能改变啊，

愿遂推而为臧。　　　希望推行忠信之良策。

赖皇天之厚德兮，　　有赖于上天的深厚恩赐，

还及君之无恙。　　　希望保佑君王安然无恙。

招　魂

宋玉

【题解】

《招魂》与《大招》两篇并称"二招"。

与《大招》类似，《招魂》的作者至今也无定论，通常认为该篇为宋玉或屈原所作。这里取《招魂》为宋玉所作。至于其所招之魂为何人，有这样两种观点较为通行：一招屈原之魂，是为屈原自招或宋玉所招；二为招楚怀王之魂。

关于《招魂》的创作时间，一种较为可靠的说法是作于楚顷襄王三年（前296）。怀王被秦国欺骗拘禁，怨愤而死。顷襄王三年，秦国想要与楚国修好，就送回怀王遗体安葬。比起苟安的顷襄王，楚人更感念怀王，《史记》载有"楚人皆怜之，如悲亲戚"的说法。此篇《招魂》即此时宋玉为凭吊入秦不返的怀王所作。

全篇的程序结构由对楚地民间招魂习俗的模仿写成，以幻想中四方的各种险恶场景起始，后文表现楚地宫廷生活、游猎及景色的美好，通过对怀王魂魄的迫切召唤，表达宋玉对怀王深刻的怀念。全篇想象丰富，浪漫奇诡，语言凄婉，笔触细腻，情景交融，对后世文学创作有很大影响。

朕幼清以廉洁兮，　　我幼时秉持清廉的德行，

身服义而未沬。　　　献身于道义未曾有懈怠。

主此盛德兮，　　　　具有如此盛大的美德啊，

牵于俗而芜秽。　　却被世俗牵累无所作为。

上无所考此盛德兮，　　君王不明察我的丰盛美德，

长离殃而愁苦。　　　　长久遭受祸患忧愁终日。

帝告巫阳曰：　　　　　天帝告知巫阳说：

“有人在下，　　　　　“有一贤人在下界，

我欲辅之。　　　　　　我想辅佐他成就志向。

魂魄离散，　　　　　　其魂魄已经与肉身离散，

汝筮予之。”　　　　　你占卜将魂魄还给他。”

巫阳对曰：　　　　　　巫阳回答说：

“掌梦。　　　　　　　“占卜要靠掌梦之官。

上帝命其难从。　　　　天帝您的命令实难听从。

若必筮予之，　　　　　如果必须占卜给他魂魄，

恐后之谢，　　　　　　恐怕去迟了他已经离世，

不能复用。”　　　　　把魂魄招来也没有用。”

巫阳焉乃下招曰：　　　巫阳于是降临招魂道：

魂兮归来！　　　　　　魂魄啊回来吧！

去君之恒干，　　　　　何必离开你的身体，

何为四方些？　　　　　要到四方之地去啊？

舍君之乐处，　　　　　舍弃你安乐的居所，

而离彼不祥些。　　　　却要去那些不善的恶处。

魂兮归来，　　魂魄啊回来吧，

东方不可以托些！　东方不能够寄托啊！

　长人千仞，　　那里的人身高有千仞，

惟魂是索些。　　只等着索你的魂啊。

　十日代出，　　十个太阳交替出山，

流金铄石些。　　金属石头都被照射熔化。

　彼皆习之，　　他们都已经习以为常，

魂往必释些。　　你的魂魄到那必然消散。

　归来归来，　　回来吧回来吧，

不可以托些！　　不可以托付到东方！

魂兮归来，　　魂魄啊回来吧，

南方不可以止些！　南方不能够止歇啊！

　雕题黑齿，　　野人额头画花牙齿涂黑，

得人肉以祀，　　掠得人肉来祭祀，

以其骨为醢些。　把人的骨头剁成酱啊。

　蝮蛇蓁蓁，　　那里蝮蛇如杂草聚集，

封狐千里些。　　千里之内都是大狐啊。

雄虺九首，　　毒蛇长着九个脑袋，

　往来倏忽，　　来来往往倏忽游走，

吞人以益其心些。　吞食人类补益其心。

　归来归来，　　回来吧回来吧，

不可以久淫些！　不可以长久游荡在南方！

151

魂兮归来，　　　魂魄啊回来吧，

西方之害，　　　西方的害处，

流沙千里些！　　那里有千里的流沙地啊！

旋入雷渊，　　　被流沙卷入那雷渊之水，

^{mí}
靡散而不可止些。　粉身碎骨不能停止啊。

幸而得脱，　　　万幸能够脱身，

其外旷宇些。　　那外面又是空旷的荒野。

赤蚁若象，　　　红色的蚂蚁如同大象，

玄蜂若壶些。　　黑色的蜂儿好似铜壶。

五谷不生，　　　那里五谷都不生长，

^{cóng jiān}
藂菅是食些。　　只有丛丛杂草可以为食。

其土烂人，　　　那里的沙土能将人埋烂，

求水无所得些。　想要喝水却求不来啊。

彷徉无所倚，　　彷徨徜徉没有依靠，

广大无所极些。　沙漠广阔没有尽头啊。

归来归来，　　　回来吧回来吧，

^{wèi}
恐自遗贼些！　　恐怕自身要遭受戕害啊！

魂兮归来，　　　魂魄啊回来吧，

北方不可以止些！北方不能够停留啊！

增冰峨峨，　　　层层冰川巍峨高峻，

飞雪千里些。　　霜雪飘落千里不绝啊。

归来归来，　　回来吧回来吧，

不可以久些！　不可以久留啊！

魂兮归来，　　魂魄啊回来吧，

君无上天些！　您不要自行上天去啊！

虎豹九关，　　九重天有豺狼虎豹把守，

啄害下人些。　咬伤下界要上天的人啊。

一夫九首，　　还有个长了九头的怪人，

拔木九千些。　一天能拔下大树九千棵。
zòng

豺狼从目，　　豺狼虎豹都竖起眼睛，
shēn

往来侁侁些。　来来往往簇拥着奔走啊。
xī

悬人以娭，　　把人悬吊起来为乐，

投之深渊些。　扔到不见底的深渊啊。

致命于帝，　　向天帝复命，

然后得瞑些。　之后才得以瞑目啊。

归来归来，　　回来吧回来吧，

往恐危身些！　去天上恐怕危及生命啊！

魂兮归来，　　魂魄啊回来吧，

君无下此幽都些！您不要下到那冥府去啊！

土伯九约，　　那里有九屈身体的土伯，
yí

其角觺觺些。　他长着突出锐利的角啊。
méi

敦脄血拇，　　脊背肥厚，拇指上带血，

逐人驱驱些。　　追起人来疾奔不停啊。

参目虎首，　　还有三只眼的虎头怪物，
其身若牛些。　　他的身躯好像牛一样壮。

此皆甘人，　　这些怪物都以人为食，

归来归来，　　回来吧回来吧，

恐自遗灾些！　　下地也恐怕危害到您啊！

魂兮归来，　　魂魄啊回来吧，

入修门些！　　快进入楚国郢都城门啊！

工祝招君，　　工巧的男巫也召唤您啊，

背行先些。　　背对道路先前领路啊。

秦篝齐缕，　　秦国的篝笼齐国的丝缕，

郑绵络些。　　还有郑国的丝织品啊。

招具该备，　　招魂的器具已经齐备，

永啸呼些。　　长远地呼喊魂魄啊。

魂兮归来，　　魂魄啊回来吧，

反故居些！　　回到您原先居住之所啊！

天地四方，　　天上地下四面八方，

多贼奸些。　　哪里都有害人的奸贼啊。

像设君室，　　效法您原来的居室摆设，

静闲安些。　　舒适闲静十分安逸啊。

高堂邃宇，　　高高的厅堂深深的屋宇，

槛层轩些。　　栏杆把长廊层层围住啊。

层台累榭，　　层层的亭台重重的楼榭，

临高山些。　　在那崇山顶上居高临下。

网户朱缀，　　门户镂花朱色点缀，

刻方连些。　　雕刻方格图案横木相连。

冬有突_{yào}厦，　　冬日有温暖厚重的深屋，

夏室寒些。　　夏天有凉爽的居室啊。

川谷径复，　　山川河谷路径回环，

流潺湲些。　　溪水缓缓流淌不绝啊。

光风转蕙，　　阳光下风吹动芳香蕙草，

泛崇兰些。　　丛丛兰草也散发馨香啊。

经堂入奥，　　经过厅堂深入内室，

朱尘筵_{yán}些。　　有红色承尘有竹席招待。

砥_{dǐ}室翠翘，　　室内文石铺就翠羽装饰，

挂曲琼些。　　悬着玉制的挂钩啊。

翡翠珠被，　　翡翠珠宝用来镶嵌被衾，

烂齐光些。　　色彩缤纷齐放光芒啊。

蒻_{ruò}阿_ē拂壁，　　蒲席弯弯挂拂于墙壁，

罗帱_{chóu}张些。　　罗绮帷幕张悬起来啊。

纂组绮缟，　　赤色的织锦精美的丝绢，

结琦璜些。　　结系了各样美玉啊。

155

室中之观，　　宫室中的陈列景观，

多珍怪些。　　多是珍稀奇异的宝物啊。

兰膏明烛，　　点燃芳香脂膏明亮烛火，

华容备些。　　照亮美女的面容啊。

二八侍宿，　　十六位美女来侍奉筵席，

射递代些。　　一旦厌倦了就交替啊。

九侯淑女，　　列国的淑善女子，

多迅众些。　　人数众多不可胜数啊。

盛鬋^{jiǎn}不同制，　　美丽的发鬓各式各样，

实满宫些。　　充满了宫室啊。

容态好比，　　容貌姿态姣好亲和，

顺弥代些。　　风华盖世人温柔啊。

弱颜固植，　　娇柔的面容坚定的心智，

謇^{jiǎn}其有意些。　　言语翩翩浓情蜜意。

姱^{kuā}容修态，　　美好的面容修长的姿态，

绠^{gēng}洞房些。　　来往不绝于深堂内室啊。

蛾眉曼睩^{lù}，　　弯曲的眉毛灵动的双目，

目腾光些。　　顾盼之间腾起光辉啊。

靡颜腻理，　　精致的面容细腻的皮肤，

遗视瞞_{mián}些。　注视的眼眸脉脉含情啊。

离榭修幕，　离宫的台榭有修长幕布，

侍君之闲些。　在那里闲适地服侍您啊。

翡帷翠帐，　挂起翡翠色的帐幕，

饰高堂些。　装饰那高高的厅堂啊。

红壁沙版，　红色的墙壁以丹砂画饰，

玄玉梁些。　还有黑玉般的房梁啊。

仰观刻桷_{jué}，　仰头观看那雕刻的梁椽，

画龙蛇些。　其上刻画着龙蛇啊。

坐堂伏槛，　坐在堂中倚趴着栏杆，

临曲池些。　面对着弯曲有致的水池。

芙蓉始发，　荷花开始绽放，

杂芰_{jì}荷些。　夹杂着菱叶和荷叶啊。

紫茎屏风，　紫茎的莼菜，

文缘波些。　风来叶边泛起波纹啊。

文异豹饰，　身穿着虎豹花纹的衣服，

侍陂陁_{pō tuó}些。　侍从在台阶上护卫啊。

轩辌_{liáng}既低，　有梁的卧车低伏等待，

步骑罗些。　步兵和骑兵纷纷罗列啊。

兰薄户树，　门外种植着丛丛兰草，

琼木篱些。　将玉树作为篱障啊。

157

魂兮归来，　　魂魄啊回来吧，

何远为些！　　为什么要到远处去呢！

室家遂宗，　　九族宗室人数众多，

食多方些。　　各样的饮食都具备啊。

稻粢穱麦，　　大米小米早晚熟的麦子，

挐黄粱些。　　还杂有黄小米啊。

大苦咸酸，　　苦味和咸味酸味，

辛甘行些。　　辣味和甜味也使用上啊。

肥牛之腱，　　肥硕的牛蹄筋，

臑若芳些。　　煮得熟烂喷香啊。

和酸若苦，　　调和酸味和苦味啊，

陈吴羹些。　　制作吴地的羹汤啊。

胹鳖炮羔，　　炖煮甲鱼烧烤羔羊，

有柘浆些。　　再佐以甘美的糖浆啊。

鹄酸臇凫，　　醋烹鹄鸟野鸭做羹汤，

煎鸿鸧些。　　再煎炸鸿雁和鸧鸟啊。

露鸡臛蠵，　　露栖之鸡和海龟肉羹，

厉而不爽些。　　味道浓烈而不败坏胃口。

粔籹蜜饵，　　甜面做点心蜜糖做糕，

有饧餭些。　　再用饴糖浸渍啊。

瑶浆蜜勺，　　如玉的琼浆蜜般的甜酒，

实羽觞些。　　斟满羽杯让人品尝啊。

楚
辞

挫糟冻饮，　　醇酒提去糟渣清液冷冻，
zhòu
酎清凉些。　　清凉爽口祛暑佳酿啊。

华酌既陈，　　华美的宴席已经摆开，

有琼浆些。　　还有琼浆玉露可畅饮啊。

归反故室，　　回到您的故居，

敬而无妨些。　　子孙恭敬再无妨害啊。

肴羞未通，　　佳肴珍馐具备还没上齐，

女乐罗些。　　舞女乐师就已罗列上场。

陈钟按鼓，　　撞起钟磬徐徐击鼓，

造新歌些。　　奏响与众不同新乐歌啊。

《涉江》《采菱》，先《涉江》后《采菱》，

发《扬荷》些。　　再传扬一曲《阳阿》啊。

美人既醉，　　美女已经喝醉，
tuó
朱颜酡些。　　娇润的容颜泛起粉红啊。
xī miǎo
娭光眇视，　　目光流转顾盼生姿，

目曾波些。　　眼中泛起层层水波啊。

被文服纤，　　身形纤纤穿华美衣衫，

丽而不奇些。　　美好而非奇装异服啊。
jiǎn
长发曼鬋，　　长发飘飘光润垂落，

艳陆离些。　　五光十色艳丽非常啊。

二八齐容，　　十六名舞女同样装束，

159

起郑舞些。　　　跳起郑地的舞蹈啊。
祍^{rèn}若交竿，　　衣襟回旋像错列的竹竿，
抚案下些。　　　依着节拍徐徐前行啊。
竽瑟狂会，　　　吹竽鼓瑟众乐齐奏，
搷^{tián}鸣鼓些。　　猛烈击鼓鸣声如雷啊。
宫庭震惊，　　　宫室庭院都震动受惊，
发《激楚》些。　　奏唱《激楚》清乐啊。
吴歈^{yú}蔡讴，　　吴地的歌曲蔡地的讴乐，
奏大吕些。　　　再配合秦国的大吕啊。

士女杂坐，　　　男女纷杂比肩落座，
乱而不分些。　　打乱陈规不分彼此啊。
放陈组缨，　　　放下帽缨舒散绶带，
班其相纷些。　　坐次秩序杂乱无章啊。
郑卫妖玩，　　　郑国卫国的妖娆女子，
来杂陈些。　　　都杂列厅堂之上。
《激楚》之结，　　《激楚》乐声将要终结，
独秀先些。　　　超群脱俗一枝独秀啊。

菎蔽象棋，^{kūn}　　玉石做的箸象牙做的棋子，
有六博些。　　　做六博的游戏啊。
分曹并进，　　　分成两方各自进攻，
遒相迫些。　　　竞争缠斗相互压制啊。

成枭而牟，　　达成骁棋势均力敌，
呼五白些。　　高呼五白以助求胜啊。

晋制犀比，　　赢得晋国制黄金带钩，
费白日些。　　能消闲整个白日啊。
铿钟摇虡（jù），　　撞起钟来架子都摇晃，
揳梓瑟些（jiá）。　　抚奏梓木做成的琴瑟啊。

娱酒不废，　　娱乐饮酒不能停歇，
沉日夜些。　　沉湎其中日以继夜啊。
兰膏明烛，　　点燃芳香脂膏明亮烛火，
华镫（dèng）错些。　　华美的灯具雕饰花纹啊。

结撰至思，　　撰结思绪构成文辞，
兰芳假些。　　借香兰芬芳以喻人啊。
人有所极，　　人们都快乐到极点，
同心赋些。　　同心同德赋此歌啊。
酎（zhòu）饮尽欢，　　畅饮醇酒尽情欢愉，
乐先故些。　　也娱乐先祖和故友啊。
魂兮归来，　　魂魄啊回来吧，
反故居些！　　返回您的故乡啊！

　　乱曰：　　尾声：

献岁发春兮，　　　新年开始春天到来啊，
　汨吾南征。　　　我匆匆向南进发。
　蓂蘋齐叶兮，　　蓂草蘋草叶已长齐啊，
　白芷生。　　　　白芷萌芽也正欲生长。

路贯庐江兮，　　　行路刚出庐江啊，
　左长薄。　　　　江北途经高大树林。
倚沼畦瀛兮，　　　顺路而行来到沼泽中啊，
　遥望博。　　　　眺望远方广大无边。

青骊结驷兮，　　　四匹黑马一同驾车啊，
　齐千乘，　　　　千驾车乘齐头并进。
悬火延起兮，　　　悬起灯火蔓延千里啊，
　玄颜烝。　　　　升起的火光照亮夜空。

步及骤处兮，　　　来到暂时停歇处啊，
　诱骋先，　　　　先导独自向前飞驰。
抑骛若通兮，　　　自如勒驰骏马啊，
　引车右还。　　　又能引车右转掉头。
与王趋梦兮，　　　与君王奔向云梦泽，
　课后先。　　　　考校狩猎的表现。

君王亲发兮，　　　君王亲自射杀野兽啊，

楚
辞

惮青兕^{sì}。　　使那青色的野兕都畏惧。

朱明承夜兮，　　红日紧接着黑夜出现啊，
　　时不可淹。　　岁月时光不可停留。
皋兰被径兮，　　泽边兰草茂盛遮蔽小径，
　　斯路渐。　　　这路就渐渐被覆没。

湛湛江水兮，　　清澈澄明的江水啊，
　　上有枫。　　　滋养岸边丛丛的枫树。
目极千里兮，　　极目远眺千里之地啊，
　　伤春心。　　　这春景令人心情悲伤。
魂兮归来，　　　魂魄啊回来吧，
　　哀江南！　　　为江南偏远难返哀伤啊！

招
魂
───

163

惜　誓

贾谊

【题解】

"惜誓"二字，应为哀叹与君王背弃约定之意。历代研究者大多认为《惜誓》的作者是汉代文学家贾谊，因为此篇的思想内容与词句都与贾谊《吊屈原赋》相似。

关于《惜誓》的创作时间，当作于贾谊被疏远之后、调任长沙王太傅之前，即汉文帝二年（前178）。

《惜誓》全篇，意在为屈原陈辞，表达屈原被放逐离开楚国国都的悲伤，以及思念故乡与国君的情怀，借此寄寓贾谊本人被疏远时的愤懑之情，展现了贾谊创作早期模仿屈骚创作骚体辞赋的面貌。贾谊以怜惜屈原的不得志，来表达个人的看法和态度，与屈原不同的是，他提出了明哲保身、明辨是非、当留则留、当退则退的新主张。在思想内容上，《惜誓》体现了爱国情感、愤世心绪和疏离哀怨；在艺术表现上，《惜誓》的骚体辞风、奇伟境界和奔放气势均与其文辞思想相得益彰。虽然难与屈原《离骚》的成就相比肩，但也深得屈原辞赋遗风，反映了汉代人模仿创作骚体辞赋的面貌，开创了汉代人拟骚诗的传统。

惜余年老而日衰兮，	遗憾我年老日渐衰弱啊，
岁忽忽而不反。	岁月匆匆逝去不再返回。
登苍天而高举兮，	登上苍天去高高飞翔啊，
历众山而日远。	经过群山离家越来越远。

观江河之纡曲兮，　　观览长江黄河的曲折啊，

离四海之沾濡。　　遭遇海上风浪沾湿衣襟。

攀北极而一息兮，　　攀上北极星姑且歇息啊，

吸沆瀣以充虚。　　吸入露水清气用以充饥。

飞朱鸟使先驱兮，　　令朱雀飞来作为先导啊，

驾太一之象舆。　　乘坐太一驾驭的象牙车。

苍龙蚴虬于左骖兮，　　苍龙盘旋作为左骖啊，

白虎骋而为右騑。　　白虎奔驰作为右翼。

建日月以为盖兮，　　树立日月之光为车盖啊，

载玉女于后车。　　承载玉女星宿在车后。

驰骛于杳冥之中兮，　　在那高远的空中驰骋啊，

休息乎昆仑之墟。　　在昆仑高山上休息。

乐穷极而不厌兮，　　欢乐至极毫不厌倦啊，

愿从容乎神明。　　愿仍跟从神明一同逍遥。

涉丹水而驰骋兮，　　渡过丹水疾驰向前啊，

右大夏之遗风。　　向右可见大夏国的风俗。

黄鹄之一举兮，　　黄鹄举翅高高飞起啊，

知山川之纡曲。　　才知晓山与河的曲折。

再举兮，　　再次振翅向上飞啊，

睹天地之圜方。　　能看到天之圆地之方。

临中国之众人兮，　　居高俯瞰中原的人民啊，

托回飙乎尚羊。　　我寄托旋风徜徉周遭。

乃至少原之野兮，　　到了仙人所居少原郊野，

165

赤松王乔皆在旁。　　赤松子王子乔都在一旁。

二子拥瑟而调均兮，　　二人怀抱瑟均乐声流畅，

余因称乎清商。　　令我感叹清商一曲悠扬。

澹然而自乐兮，　　安然恬淡自娱自乐啊，

吸众气而翱翔。　　汲取天地六气自由翱翔。

念我长生而久仙兮，　　虽长生不老久而成仙啊，

不如反余之故乡。　　但还不如返回我的故乡。

黄鹄后时而寄处兮，　　若黄鹄未及时寄托仙居，
鸱枭群而制之。 chī xiāo　　就会被恶鸟群聚而制约。

神龙失水而陆居兮，　　若神龙失水居于陆地啊，

为蝼蚁之所裁。　　就会被蝼蛄和蚂蚁啃噬。

夫黄鹄神龙犹如此兮，　　那黄鹄神龙尚且这样啊，

况贤者之逢乱世哉。　　何况贤明之人遇到乱世。

寿冉冉而日衰兮，　　年岁流逝日渐衰老啊，
固僤回而不息。 chán　　原地徘徊不能停息。

俗流从而不止兮，　　俗人从流无法禁止啊，

众枉聚而矫直。　　小人群集又将曲作直。

或偷合而苟进兮，　　有人苟且迎合求取进仕，

或隐居而深藏。　　有人归隐山居深深藏匿。

苦称量之不审兮，　　苦于称量轻重不明察啊，

同权概而就衡。　　权概平衡就以为恰当。

或推移而苟容兮，　　有人见风使舵求容取啊，
或直言之谔谔。 è　　有人直言不讳刚正不阿。

伤诚是之不察兮，　　伤感国君不明察贤愚啊，

并纫茅丝以为索。　将茅草和丝线一同搓绳。

方世俗之幽昏兮，　当今世俗幽昧昏聩啊，

　眩白黑之美恶。　黑白不分善恶不辨。

放山渊之龟玉兮，　放弃昆山之玉大泽之龟，

　相与贵夫砾石。　反而珍视那小小碎石。

梅伯数谏而至醢^{hǎi}兮，　梅伯屡屡进谏被做肉酱，

来革顺志而用国。　来革奸佞顺从却被重用。

悲仁人之尽节兮，　悲叹仁人志士尽忠尽节，

　反为小人之所贼。　反倒被无耻小人所残害。

比干忠谏而剖心兮，　比干忠言劝谏却被剖心，

箕子被发而佯狂。　箕子披散头发佯装癫狂。

水背流而源竭兮，　水流背离源头就会枯竭，

　木去根而不长。　树木失去根就不能久长。

非重躯以虑难兮，　不是看重性命忧虑祸患，

　惜伤身之无功。　只是遗憾自己未立功业。

　　　　已矣哉！　算了吧!

独不见夫鸾凤之高翔兮，　唯独不见鸾凤高高飞翔，

　乃集大皇之野。　聚集在那辽阔荒野。

循四极而回周兮，　巡行四方回转周游啊，

　见盛德而后下。　得见圣明君王才下降。

彼圣人之神德兮，　圣人有神一般的德行啊，

　远浊世而自藏。　远离混浊人世径自隐藏。

使麒麟可得羁而系兮，　若麒麟用缰绳系结啊，

　又何以异乎犬羊？　那又和犬羊有什么不同?

惜
誓

167

招隐士

淮南小山

【题解】

《招隐士》一文据王逸《楚辞章句》，作者是汉代淮南王刘安的门客淮南小山，也有一说认为是淮南王刘安所作。

关于《招隐士》的创作背景，说法不一。王逸认为是淮南小山"闵伤屈原"之作，王夫之认为是淮南小山"为淮南王召致山谷潜伏之士"而作，也有不少研究者以为是淮南小山思念淮南王之作。

《招隐士》主要通过描述山中环境艰苦险恶，以规劝所招的隐士归来。全文生动描绘了山谷深林的幽暗及其中走兽的凶恶，营造了一种森然可怖、惊心动魄的意境，又将追寻清白与高洁的"王孙"置于其中，直白地表达出盼望王孙归来的用意。以强烈的主观感情色彩，采用夸张、渲染的手法，展现出浓厚又急切的思念。意味深长，音节和谐，悱恻动人。这种以比兴象征、重重叠词等手法来描写环境氛围，从而表达情志的方法，主要是从屈原辞赋中转化而来的。而本文则以更简练直白的言辞，加以更主观的情感表达，形成了独特的艺术风格，历来为人称道，堪称汉代骚体赋中的精品。

桂树丛生兮山之幽，　桂树丛生在那幽静山中，

偃蹇连蜷兮枝相缭。　高耸修长啊枝叶缠绕。
yǎn jiǎn

山气茏苁兮石嵯峨，　　　山中云雾蒸腾岩石巍峨，
溪谷崭岩兮水曾波。　　　溪谷险峻啊激起波涛。
猿狄群啸兮虎豹嗥，　　　猿猴齐啸啊虎豹嚎叫，
攀援桂枝兮聊淹留。　　　攀缘着桂树枝停留深山。

王孙游兮不归，　　　　　王孙周游啊久不归还，
春草生兮萋萋。　　　　　春草生长啊茂盛非凡。

岁暮兮不自聊，　　　　　年岁将尽啊心烦意乱，
蟪蛄鸣兮啾啾。　　　　　秋日寒蝉啊哀哀长鸣。
块兮轧，山曲岪，　　　　山雾聚集，山路曲折，
心淹留兮恫慌忽。　　　　久居山中啊痛苦迷茫。

罔兮沕，憭兮栗，虎豹穴，　失意，惊惧，危险啊，
丛薄深林兮人上慄。　　　林草幽深令人瑟瑟战栗。
嵚岑碕礒兮碅磳魂硊，　　山势高险不平奇峻非常，
树轮相纠兮林木茇骫。　　树枝纠缠啊叶蔓盘曲。
青莎杂树兮薠草霏靡，　　莎草茂密啊薠草繁盛，
白鹿麏麚兮或腾或倚。　　鹿与獐子啊奔腾或休憩。
状儿崟崟兮峨峨，　　　　犄角高耸啊状貌巍峨，
凄凄兮漇漇。　　　　　　水滴滑落啊闪耀光泽。
猕猴兮熊罴，　　　　　　还有那猕猴和熊罴猛兽，
慕类兮以悲。　　　　　　思慕同类啊哀哀悲鸣。

攀援桂枝兮聊淹留，　　　攀缘着桂树枝停留深山，
虎豹斗兮熊罴咆，　　　　虎豹争斗不停熊罴咆哮，
禽兽骇兮亡其曹。　　　　飞禽走兽怕得四散奔逃。

王孙兮归来，　王孙您啊归来吧，
山中兮不可久留！　山中啊凶险不能久留！

七　谏

东方朔

【题解】

《七谏》是西汉文学家东方朔的七篇作品的合称。

据王逸《楚辞章句》："谏者，正也，谓陈法度以谏正军也。"古时臣子三次进谏君王不听，就要被贬官流放，而屈原忠心为国，数次进言而君王不采纳，他也未曾退却，故东方朔加"三谏"为"七谏"，以显示屈原的拳拳忠君报国之情。

东方朔曾上书反对汉武帝修建上林苑，汉武帝把他当作俳优看待，对他的进言不屑一顾，于是东方朔以代言体、借屈原之口抒写自己的愤懑。

《七谏》由《初放》《沉江》《怨世》《怨思》《自悲》《哀命》《谬谏》七篇短文组成。既写出屈原忠而被谤、信而见疑、无辜放逐、最终投江的艰难为政之路，也借屈原的经历表达东方朔怀才不遇、愤世嫉俗的心境。

初放

【题解】

《初放》写屈原初被放逐时心中的苦痛、对楚国黑暗政治的抨击，表现屈原宁可孤独而死也绝不同流合污、更改节操的高洁品格。

171

《初放》是代表屈原陈词的代言体文章，所以与屈原的原作相比，缺少独创性，其比兴手法及用词、句意等皆是沿袭于屈原。不过在写法上东方朔大体按照"叙事—议论—抒情"的顺序安排内容，但三者又常常杂糅。与此相应，本文的情绪基调也是按"平静—激烈—深沉"的顺序安排，而每段之中又自有跌宕起伏，总体来说全诗情绪悲怆，表达激荡。此外，本文句式较屈原的作品更加灵活，中长句与短句交杂，使文章在节奏上更富于变化。

平生于国兮，	屈原我出生于楚国都城啊，
长于原野。	长大却被流放在原野。
言语讷^{nè}涩兮，	出言钝涩答语木讷啊，
又无强辅。	又没有强权辅助。
浅智褊^{biǎn}能兮，	智慧不足能力缺乏啊，
闻见又寡。	孤陋寡闻见识又少。
数言便事兮，	屡次进言只为国家社稷，
见怨门下。	却被权贵小人所怨恨。
王不察其长利兮，	君王不明察长远利益啊，
卒见弃乎原野。	最终我被抛弃在荒野。
伏念思过兮，	退而自省反思过失啊，
无可改者。	没有什么可以改正的。
群众成朋兮，	小人群聚结成朋党啊，
上浸以惑。	君王逐渐被他们蒙蔽。
巧佞在前兮，	巧言令色的小人在前头，
贤者灭息。	贤明之臣缄口自灭意气。

尧舜圣已没兮，　　　尧舜圣人已经过世啊，

　　孰为忠直？　　　　忠诚正直之人为谁尽节？

高山崔巍兮，　　　　群山高大雄伟啊，
　　　　shāng
　　水流汤汤。　　　　水流汩汩浩荡不止。

死日将至兮，　　　　死去的日子将要到来啊，

　　与麋鹿同坑。　　　和那麋鹿葬在同个土坑。

块兮鞠，当道宿，　　孤独潦倒啊居无定所，

　　举世皆然兮，　　　全世都虚伪进谗啊，

　　　　余将谁告？　　　我将和谁去诉说衷情？

斥逐鸿鹄兮，　　　　斥责驱逐那鸿鹄大鸟啊，
　　　　chī xiāo
　　近习鸱枭。　　　　却亲近起恶鸟鸱枭。

斩伐橘柚兮，　　　　砍断橘柚美木啊，

　　列树苦桃。　　　　却栽植恶树苦桃。
pián
　　便娟之修竹兮，　　修长的竹子轻盈美好啊，

　　寄生乎江潭。　　　寄托生长在江潭旁边。
　　wēi ruí
上葳蕤而防露兮，　　竹梢茂盛枝叶不沾露水，

　　下泠泠而来风。　　竹茎处清凉有风可乘凉。

孰知其不合兮，　　　谁知道君王与我不合啊，

　　若竹柏之异心。　　像竹子无心但柏树实心。

往者不可及兮，　　　过往的贤人不能追及啊，

　　来者不可待。　　　未来的英豪也等待不及。

　　悠悠苍天兮，　　　悠远的苍天啊，

　　莫我振理。　　　　为何不能将我救扶。

窃怨君之不寤^{wù}兮，　暗自怨恨君王不醒悟啊，

吾独死而后已。　我独自高洁死去便罢休。

沉江

【题解】

《沉江》描写了屈原投江自杀前的悲愤之情和复杂心理。

《沉江》先写屈原投江前忆古思今，细数历史上的政治得失；接着写自身高洁却遭小人残害的苦闷，但其意志并不屈服；最后向君王痛陈忠心，警醒君王。思考、苦恨、希望，直至最终绝望不忍，形成全文的诗情脉络。全文追忆圣贤、总结兴衰，同时也批判楚国的现实，表达了屈原对君王昏聩不明的痛心，以及他永远心系故国、心系君王的爱国主义精神。

全文在表现手法上，总体以古今、忠奸形成对照，多用比兴，叙述与抒情、议论写法相结合，目的清晰，爱憎分明，既保持文章的节奏，也推进层次的变化。

惟往古之得失兮，　回想过往古人的得失啊，

览私微之所伤。　目览谗佞小人伤人害国。

尧舜圣而慈仁兮，　尧舜圣明又仁爱慈悲啊，

后世称而弗忘。　后人世代称颂永世不忘。

齐桓失于专任兮，　齐桓公因任用小人失国，

夷吾忠而名彰。　管仲因忠诚而声名显扬。

晋献惑于骊姬兮，　晋献公被骊姬所迷惑啊，

申生孝而被殃。　　　　太子申生孝顺却受祸殃。

偃王行其仁义兮，　　　徐偃王行仁义不备武装，

荆文寤而徐亡。　　　　楚文王觉悟而将徐灭亡。
wù

纣暴虐以失位兮，　　　商纣暴虐失去王位啊，

周得佐乎吕望。　　　　周得天下亏有太公辅佐。

修往古以行恩兮，　　　武王效仿古人施行恩德，

封比干之丘垄。　　　　封比干之墓彰显其德行。

贤俊慕而自附兮，　　　天下贤人才俊慕名归附，

日浸淫而合同。　　　　人才日增而天下一统。

明法令而修理兮，　　　申明法令治理国家啊，

兰芷幽而有芳。　　　　香兰白芷幽深却芳香。

苦众人之妒予兮，　　　苦于众小人嫉妒我啊，
wù

箕子寤而佯狂。　　　　箕子清醒却佯装疯狂。

不顾地以贪名兮，　　　小人不顾国家贪图名利，
fú

心怫郁而内伤。　　　　我心思忧郁内心悲伤。

联蕙芷以为佩兮，　　　联结蕙芷香草作为配饰，

过鲍肆而失香。　　　　经过鲍鱼店肆失去芳香。

正臣端其操行兮，　　　正直之臣端守节操言行，

反离谤而见攘。　　　　反遭小人挑拨而被放逐。

世俗更而变化兮，　　　世俗变清洁为污浊啊，

伯夷饿于首阳。　　　　伯夷不屈饿死在首阳山。

独廉洁而不容兮，　　　独自清廉而不容于世啊，

叔齐久而逾明。　　　　叔齐许久后才美名传扬。

浮云陈而蔽晦兮，　　　云彩横陈遮得天昏地暗，

使日月乎无光。　　　使得那日月都失去光芒。

忠臣贞而欲谏兮，　　　忠贞之臣意欲进谏啊，

　　谗谀毁而在旁。　　那小人却在一旁谗言。

秋草荣其将实兮，　　　秋日草木将结出果实啊，

　　微霜下而夜降。　　夜里却突然降下寒霜。

商风肃而害生兮，　　　西风疾吹妨害生长啊，

　　百草育而不长。　　花草树木养活但不盛长。

众并谐以妒贤兮，　　　小人结党嫉贤害才啊，

　　孤圣特而易伤。　　唯独圣贤无援易受损伤。

怀计谋而不见用兮，　　身怀良策而不被任用啊，

　　岩穴处而隐藏。　　到山间洞穴里藏匿自身。

成功隳而不卒兮，　　　子胥伐吴功成却遭谗言，

　　子胥死而不葬。　　可怜被赐死无处埋葬。

世从俗而变化兮，　　　世人都随波追流变心啊，

　　随风靡而成行。　　如同草木见风排列成行。

信直退而毁败兮，　　　诚信正直之人身败名毁，

　　虚伪进而得当。　　虚伪奸佞小人进仕受用。

追悔过之无及兮，　　　君王追悔过失为时已晚，

　　岂尽忠而有功。　　就算想效忠也徒劳无功。

废制度而不用兮，　　　废弃先王法度而不用啊，

　　务行私而去公。　　只贪图私利而忘却公正。

终不变而死节兮，　　　清白不改我固守节操啊，

　　惜年齿之未央。　　可惜寿数未尽却要亡逝。

将方舟而下流兮，　　　乘坐木舟顺流而下啊，

楚辞

176

冀幸君之发蒙。　希望君王醒悟不受蒙蔽。

痛忠言之逆耳兮，　哀痛忠言忤逆君王耳啊，

　恨申子之沉江。　憾恨伍子胥被杀而沉江。

愿悉心之所闻兮，　愿竭尽全力诉说见闻啊，

　遭值君之不聪。　却遇到君王充耳不闻。

不开窹^{wù}而难道兮，　不醒悟难与君传说政道，

　不别横之与纵。　横纵不分又何况贤愚。

听奸臣之浮说兮，　听从奸佞之臣满口虚言，

　绝国家之久长。　使得国运断绝不能久长。

灭规矩而不用兮，　抛弃先祖礼法而不使用，

　背绳墨之正方。　违背法度所定公正方直。

离忧患而乃窹^{wù}兮，　遭遇祸患才突然醒悟啊，

　若纵火于秋蓬。　如同在秋日蓬草上放火。

业失之而不救兮，　君王业祚已失无药可救，

　尚何论乎祸凶。　又何谈国家的灾祸凶险。

彼离畔而朋党兮，　那奸佞小人结党营私啊，

　独行之士其何望？　独行的忠臣又有何盼望？

日渐染而不自知兮，　终日被恶谗熏染不自知，

　秋毫微哉而变容。　那秋毫虽小但日益成长。

众轻积而折轴兮，　车载轻物多车轴也会折，

　原咎杂而累重。　错在事物杂多累积而重。

赴湘沅之流澌兮，　我愿奔赴湘沅的流水中，

　恐逐波而复东。　又恐随波涛而顺流向东。

怀沙砾而自沉兮，　怀负沙石自行沉江啊，

不忍见君之蔽壅。　　不忍心见君王受蒙蔽。

怨世

【题解】

《怨世》写屈原被放逐后对楚国黑暗世道的怨愤不平。

《怨世》全文从世道的浑浊黑暗入手，继而表明屈原自身的廉洁正直，最后抒发哀怨，表明沉江的心志。全文以自然意象比兴、历史人物叙述，细致描绘并沉重地抨击世事的不堪；同时展现出屈原对现实的不满、自身的不容，以及想远走又想尽忠的矛盾痛苦心情。东方朔借屈原的口吻，表达出个人的愁苦与无奈，以及他对屈原崇高品质的无限敬仰和对屈原遭遇的感同身受。

世沉淖而难论兮，　　世人沉溺名利难以评说，
俗岭峨而参嵯。　　风俗是非颠倒贤愚不分。
清泠泠而歼灭兮，　　清白高洁之人遭毁弃啊，
涊湛湛而日多。　　脏污不堪小人愈得盛宠。
枭鸮既以成群兮，　　枭鸮恶鸟已经成群结党，
玄鹤弭翼而屏移。　　玄鹤只得收敛羽翼退隐。
蓬艾亲入御于床笫兮，　　蓬艾臭草进入君王房室，
马兰踸踔而日加。　　马兰便也疯长日渐茂盛。
弃捐药芷与杜衡兮，　　抛弃芳芷和杜衡不用啊，
余奈世之不知芳何？　　世人不知香草我能奈何？

何周道之平易兮， 周室大道何等平坦宽广，

　　然芜秽而险戏。 而今杂草丛生崎岖险恶。

高阳无故而委尘兮， 帝高阳贤明无故受毁谤，

　　唐虞点灼而毁议。 尧舜也受谗言污蔑损伤。

谁使正其真是兮， 谁能匡正这真假对错啊，

虽有八师而不可为。 就算有八位贤人也难辨。

　　皇天保其高兮， 苍天永远保持高远啊，

　　　　后土持其久。 大地也久远深厚不变。

服清白以逍遥兮， 身着清洁白衣自由自在，

　　偏与乎玄英异色。 偏要与污浊的黑色不同。
　　　　tí

西施媞媞而不得见兮， 西施美好却不能见君啊，
　　　　mó

嫫母勃屑而日侍。 嫫母丑陋却亲近侍候在旁。
　　dù

桂蠹不知所淹留兮， 桂蠹食甜不知满足啊，
liǎo

蓼虫不知徙乎葵菜。 蓼虫食苦不知寻找甜菜。
　　hūn

处湣湣之浊世兮， 身处昏暗污浊的乱世啊，

　　今安所达乎吾志？ 如今如何达到我的志向？

意有所载而远逝兮， 心存忠信想要远去啊，

　　固非众人之所识。 这不是众人能够明白的。

骥踌躇于弊辇兮， 骏马驾破车犹豫徘徊啊，

　　遇孙阳而得代。 遇伯乐境遇才得以改变。

吕望穷困而不聊生兮， 姜太公曾穷苦无以谋生，

　　遭周文而舒志。 碰到周文王才施展才华。

宁戚饭牛而商歌兮， 宁戚喂牛时高唱悲歌啊，

179

桓公闻而弗置。　　齐桓公听到便任用他。

路室女之方桑兮　　路见一少女在路旁采桑，

孔子过之以自侍　　孔子经过时欣赏而侍奉。

吾独乖剌而无当兮　　唯我生不逢时不被接纳，
　　（là）

心悼怵而耄思　　心中感伤而思绪错杂。
　（mào）

思比干之伻伻兮　　思念比干的忠心耿耿啊，
　　（pēng）

哀子胥之慎事。　　哀叹子胥临死不忘国家。

悲楚人之和氏兮，　　悲痛楚人卞和啊，

献宝玉以为石。　　进献璞玉却被当作石头。

遇厉武之不察兮，　　遇到厉王武王不能明察，
　　（zhuó）

羌两足以毕斮。　　还凄惨地被砍掉两只脚。

小人之居势兮，　　奸佞小人居高位得势啊，

视忠正之何若？　　把忠诚正直看作什么？

改前圣之法度兮，　　改变先贤设立的法度啊，
　（niè rú）

喜嗫嚅而妄作。　　喜欢暗自谋私胡作非为。

亲谗谀而疏贤圣兮，　　亲近小人而远离圣贤啊，
　　（lú jū）

谗谓闾娵为丑恶。　　诋毁美女闾姝丑陋恶毒。

愉近习而蔽远兮，　　宠爱小人而避讳贤人啊，

孰知察其黑白？　　谁知道明察其中的善恶？

卒不得效其心容兮，　　始终不能效忠君王啊，
　　（miǎo）

安眇眇而无所归薄。　　天地如此渺远无处依托。

专精爽以自明兮　　专一忠贞以表明衷情啊，

晦冥冥而壅蔽。　　君王却昏聩被小人蒙蔽。

年既已过太半兮，	人已经年过半百啊，
然坎轲而留滞。	然而道路坎坷停留原地。
欲高飞而远集兮，	想要高高飞翔去往他乡，
恐离罔而灭败。	唯恐陷入罪网损毁声誉。
独冤抑而无极兮，	独受冤屈压抑无穷啊，
伤精神而寿夭。	身心受害而寿命折损。
皇天既不纯命兮，	上天既然这样摇摆不定，
余生终无所依。	我终此一生也没有依靠。
愿自沉于江流兮，	我愿沉没在这江水啊，
绝横流而径逝。	自绝于波涛径直逝去，
宁为江海之泥涂兮，	宁可做江河中的泥沙啊，
安能久见此浊世？	怎能久看这污浊人世？

（"坎轲"旁注音：kǎn kē）

怨 思

【题解】

《怨思》写屈原对国事、对朝政黑暗和君王失德的怨愤。

《怨思》文章虽短，但言简意赅。首句点题，开门见山，阐述本文的论点，即"贤士穷而隐处兮，廉方正而不容"，接着用伍子胥、比干、介子推来论证；然后痛陈朝政的黑暗和君王的失德；最后写屈原对政治和君王的失望。全文表达了屈原对君王的忠诚，对忠臣的同情以及对奸臣的怒斥。本篇仍是借屈原的经历和写法，表达东方朔个人对朝政的不满，以及个人抱负无法施展的郁闷。情感深沉，语意委曲。

賢士穷而隐处兮，　　贤明之人困顿而隐居啊，

廉方正而不容。　　　廉洁公正却世间不容。

子胥谏而靡躯兮，　　伍子胥进谏却粉身碎骨，

比干忠而剖心。　　　比干忠贞却被剖心而亡。

子推自割而饫君兮，　子推自割腿肉喂给国君，
　　　　si

德日忘而怨深。　　　恩德日渐忘记怨恨加深。

行明白而曰黑兮，　　行为清白却被污蔑成黑，

荆棘聚而成林。　　　荆棘聚起已成为丛林。

江离弃于穷巷兮，　　江离香草被抛弃于小巷，
　　ji li

蒡藜蔓乎东厢。　　　蒡藜恶草却蔓延到厢房。

贤者蔽而不见兮，　　贤能之人避而不见啊，

谗谀进而相朋。　　　谗佞小人进仕而结党。
　xiāo

枭鸦并进而俱鸣兮，　枭鸦恶鸟群飞齐鸣啊，

凤凰飞而高翔。　　　凤凰神鸟飞起高高翱翔。

原壹往而径逝兮，　　想面见国君后坦然远去，

道壅绝而不通。　　　奈何道路阻塞终不能通。

自悲

【题解】

《自悲》写屈原去国和恋国的内心矛盾冲突。

《自悲》首先写屈原被流放以后对故乡和国君的思念，以及自己忧国忧民的政治抱负得不到施展的苦闷；然后写屈原幻想里去国远游路途中的见闻。

自屈原始，幻想远游就成了反映创作者内心矛盾的方式，对现实的否定，对自我的超越，才造就了想象奇特的升仙场景。本文在韵律和工整程度上略显逊色，但想象、比兴丰富，情感充沛，与屈原之作一脉相承，还略有道家思想蕴含其中。

居愁懃(qín)其谁告兮，	我处境苦痛无人诉苦啊，
独永思而忧悲。	独自长久思虑更添忧愁。
内自省而不惭兮，	心中反省没有愧对于谁，
操愈坚而不衰。	愈发坚定节操不会更改。
隐三年而无决兮，	隐居三年不见君王召返，
岁忽忽其若颓。	岁月匆匆逝去好像流水。
怜余身不足以卒意兮，	可悲我此生终难遂愿啊，
冀一见而复归。	希望面见君王回到故土。
哀人事之不幸兮，	哀叹尽忠却不受君王宠，
属(zhǔ)天命而委之咸池。	故寄托我之命运于天神。
身被疾而不闲兮，	疾病缠身无法恬然自处，
心沸热其若汤。	心中焦灼沸腾好似滚汤。
冰炭不可以相并兮，	冰与炭火不能同时存在，
吾固知乎命之不长。	我本知道自己命不久长。
哀独苦死之无乐兮，	悲哀痛苦独死未曾快乐，
惜予年之未央。	可惜我年寿还没到尽头。
悲不反余之所居兮，	悲伤不能返回我的旧居，
恨离予之故乡。	遗憾我远远离开了故乡。
鸟兽惊而失群兮，	鸟兽若受惊离散于群啊，

犹高飞而哀鸣。　　还能高高飞翔哀鸣呼唤。

狐死必首丘兮，　　狐狸死时必然头朝故丘，

夫人孰能不反其真情？　人将老死谁不怀念家乡？

故人疏而日忘兮，　　疏远往日忠臣渐渐遗忘，

新人近而俞好。　　亲近谗佞新人愈加宠信。

莫能行于杳冥兮，　　没有人能在阴暗处前行，

孰能施于无报？　　谁能够付出而不求回报？

苦众人之皆然兮，　　苦于世人都是苟且偷生，

乘回风而远游。　　我乘坐旋风到四处周游。

凌恒山其若陋兮，　　俯瞰恒山也觉其渺小啊，

聊愉娱以忘忧。　　姑且娱乐自身忘却忧愁。

悲虚言之无实兮，　　悲叹谗言虚假毫无诚信，

苦众口之铄金。　　苦于众口佞词可熔金石。

过故乡而一顾兮，　　经过家乡我回头下望啊，

泣_{xū xī}歔欷而沾衿。　哭泣叹息泪水沾湿衣襟。

厌白玉以为面兮，　　身着那白玉作为外装啊，

怀_{wǎn yǎn}琬琰以为心。　怀有琬琰美玉表明内心。

邪气入而感内兮，　　邪恶之气想侵入身心啊，

施玉色而外淫。　　仅使内外玉色愈加明润。

何青云之流澜兮，　　那乌云密布整个天际啊，

微霜降之蒙蒙。　　寒霜降下世间雾雨迷蒙。

徐风至而徘徊兮，　　微风轻吹让我心志徘徊，

疾风过之_{shāng}汤汤。　疾风猛吹令人心怀震荡。

闻南藩乐而欲往兮，　听闻南方安乐我愿去往，

楚辞

184

至会稽而且止。　　　来到会稽山就暂且休憩。

见韩众而宿之兮，　　　遇见韩众仙人在此停宿，

问天道之所在。　　　便求问长生之道在何处。

借浮云以送予兮，　　　借托浮云将我送至远方，

载雌霓而为旌。　　　乘载彩霓作为旌旗飘扬。

驾青龙以驰骛兮，　　　驾驭青龙使其驰骋天际，

班衍衍之冥冥。　　　车马众多飞往高远苍空。

忽容容其安之兮，　　　迅疾飘荡于何处安身啊，

超慌忽其焉如？　　　怅惘迷茫不知去向何处？

苦众人之难信兮，　　　苦于小人谗言难以信任，

愿离群而远举。　　　我愿离开人群远走高飞。

登峦山而远望兮，　　　登上山峦我向远处眺望，

好桂树之冬荣。　　　喜爱那桂树冬日也茂盛。

观天火之炎炀兮，
yàng　　　观看那天火燃烧炽烈啊，

听大壑之波声。　　　听闻那海中波涛声轰鸣。

引八维以自道兮，　　　攀援那天绳自寻道路啊，

含沆瀣以长生。
hàng xiè　　　口含露水仙气以求长生。

居不乐以时思兮，　　　郁郁寡欢我常思索时事，

食草木之秋实。　　　只以草木秋日之果为食。

饮菌若之朝露兮，　　　啜饮清晨菌若上的露水，

构桂木而为室。　　　以桂树作木材搭建房屋。

杂橘柚以为囿兮，　　　园圃交杂种植橘柚香木，

列新夷与椒桢。　　　陈排辛夷芳椒女贞其中。

鹍鹤孤而夜号兮，
kūn　　　鹍鸡白鹤夜里孤寂哀号，

哀居者之诚贞。　悲叹隐居者的真诚忠贞。

哀命

【题解】

《哀命》是哀叹楚国的多灾多难和自己的生不逢时。

"哀命"二字取自首句"哀时命之不合兮，伤楚国之多忧"。

《哀命》全文反复抒写政治的黑暗、小人的谗谄、忠臣受妒遭弃的忧愤，随后写屈原受流放藏匿山中，想要清白以赴江河。本文在抒情手法上并不单一，或者直抒胸臆，或者借助环境和意象抒情。同时，文章的情绪也随之变化，由高亢到幽清再到哀痛，整体上内在情绪始终是炽烈的，总基调是悲愤的。

哀时命之不合兮，　哀叹生不逢时与世难容，

伤楚国之多忧。　伤感楚国有此诸多忧患。

内怀情之洁白兮，　心怀衷情我清白无瑕啊，

遭乱世而离尤。　遇到乱世我遭受责备。

恶耿介之直行兮，　憎恨耿直忠臣方正品行，

世溷浊而不知。　世事污浊竟也不去分辨。

何君臣之相失兮，　为何君臣间如此疏离啊，

上沅湘而分离。　逆上沅湘江流与君分别。

测汨罗之湘水兮，　想那汨罗与湘江之水啊，

知时固而不反。　深知世事如此不再返回。

伤离散之交乱兮，　哀伤离别君王心中烦乱，

遂侧身而既远。 于是辗转隐居疏远君前。

处玄舍之幽门兮， 身处暗室的幽僻门前啊，

穴岩石而窟伏。 穴居山岩在洞窟里潜藏。

从水蛟而为徒兮， 和水中蛟龙一同做伴啊，

与神龙乎休息。 与神龙在一起休养生息。

何山石之^{chán}崭岩兮， 那山峰多么高大险峻啊，

灵魂屈而^{yǎn jiǎn}偃蹇。 我灵魂压抑而难以舒展。

含素水而蒙深兮， 口含无尽清白之水啊，

日^{miǎo}眇眇而既远。 日渐离去高邈而广远。

哀形体之离解兮， 哀叹身体疲惫魂不附体，

神罔两而无舍。 我心神恍惚又魄不守舍。

惟椒兰之不反兮， 独有子椒子兰阻我回返，

魂迷惑而不知路。 魂魄迷惑而找不到归途。

愿无过之设行兮， 我愿陈列操行思量过错，

虽灭没之自乐。 即便声名磨灭也能自乐。

痛楚国之流亡兮， 哀痛楚国陷入危亡之际，

哀灵修之过到。 忧伤君王昏聩倒行逆施。

固时俗之^{hùn}溷浊兮， 世俗本来就这样污浊啊，

志^{mào}瞀迷而不知路。 神志烦闷不知去往何处。

念私门之正匠兮， 想到众人都贪图私利啊，

遥涉江而远去。 我渡过长江向远处归去。

念女^{xū}媭之婵媛兮， 想到姐姐女媭牵挂我啊，

涕泣流乎于^{wū yì}悒。 不禁涕泗横流忧闷不安。

我决死而不生兮，　　我决心一死不再苟活啊，

　　虽重追吾何及。　　就算反复劝阻也无用处。

戏疾濑之素水兮，　　嬉戏在急流清水间啊，
（lài）

　　望高山之蹇产。　　远望高山的巍峨盘曲。
（jiǎn）

哀高丘之赤岸兮，　　在高丘山的赤岸边哀叹，

　　遂没身而不反。　　于是沉身江水不再回返。

谬谏

【题解】

《谬谏》的内涵意旨与前六篇一致。"谬谏"即委婉进谏之意。

《谬谏》先写屈原失望于君王被小人蒙蔽，痛斥小人迷惑君主，使得贤臣只能藏匿避世，通过诸多意象与典故对比展现屈原不被重用的愤慨、无奈与哀伤，表现借托屈原之口的东方朔积极用世的强烈愿望，以及不被重用理想破灭的极度悲苦。特别是正文最后的乱辞，它是整个《七谏》全篇的尾声，主要化用自屈原《涉江》的乱辞，表达了东方朔对屈原的同情、悲叹，也表达了东方朔对自身从政失败的郁闷愤然。

比起《七谏》的其他篇目，《谬谏》加入了更多、更直白的东方朔自我的感情，所以虽是代言拟作，但仍显得感情沉重。全篇思想深邃，情感丰富，既能以理服人，又能以情动人，强化了"谏"的效果。

怨灵修之浩荡兮，　　怨只怨君王太过荒唐啊，

夫何执操之不固？　　为何志向几变不能坚守？

悲太山之为隍兮，　　悲伤泰山要变为池塘啊，

　　孰江河之可涸？　　那长江黄河岂能够干涸？

愿承闲而效志兮，　　想要趁君闲暇进忠言啊，

　　恐犯忌而干讳。　　又恐怕触犯君王忌讳。

卒抚情以寂寞兮，　　最终压抑衷情缄默不语，
　　　chāo
　　然怊怅而自悲。　　然而内心惆怅暗自悲伤。

玉与石其同匮兮，　　玉和石头放在同个匣子，

　　贯鱼眼与珠玑。　　将鱼眼和珠宝串在一起。
　nú
驽骏杂而不分兮，　　劣马好马混杂不分啊，
　　　cān
　　服罢牛而骖骥。　　老牛拉辕骏马却在两边。

年滔滔而自远兮，　　时光如水径自远去啊，

　　寿冉冉而愈衰。　　寿命流逝而愈发衰老。
　tú tán
心悇憛而烦冤兮，　　内心不安烦躁愤懑啊，
　　jiǎn
　　蹇超摇而无冀。　　心神不宁前途没有希望。

固时俗之工巧兮，　　本来时俗就工于机巧啊，

　　灭规矩而改错。　　毁弃规则而更改法度。

却骐骥而不乘兮，　　有骏马却不去乘坐啊，
　　　nú tái
　　策驽骀而取路。　　鞭策劣马而取道上路。

当世岂无骐骥兮，　　当下世道难道没有骏马，

　　诚无王良之善驭。　　实在是没有人善于驾驭。
　　pèi
见执辔者非其人兮，　看到握缰绳的并非内行，

　　故驹跳而远去。　　良驹于是扬蹄远去。
　　　ruì
不量凿而正枘兮，　　不度量凿孔就确定榫头，

恐矩矱(yuē)之不同。	恐怕曲直都不会相同。
不论世而高举兮，	不管人世清浊推崇高尚，
恐操行之不调。	恐怕那品格会格格不入。
弧弓弛而不张兮，	那强弓松弛而无张力啊，
孰云知其所至？	谁知道能射箭到多远？
无倾危之患难兮，	没有颠覆国家的危险啊，
焉知贤士之所死？	哪能知道贤臣为国捐躯？
俗推佞而进富兮，	世俗推崇奸臣举进富人，
节行张而不著。	美好的品德难以传扬。
贤良蔽而不群兮，	贤士良臣隐匿而不出世，
朋曹比而党誉。	小人结党营私获取名利。
邪说饰而多曲兮，	奸佞之言美饰也非正道，
正法弧而不公。	方直法度被污为不公正。
直士隐而避匿兮，	忠臣隐藏而躲避隐居啊，
谗谀登乎明堂。	谗谀小人却登入朝堂。
弃彭咸之娱乐兮，	抛弃彭咸高德而纵情啊，
灭巧倕(chuí)之绳墨。	毁坏巧匠倕的绳墨规矩。
菎(kūn)蕗(lù)杂于黀(zōu)蒸兮，	香草和麻秆混杂同处啊，
机蓬矢以射革。	用蓬蒿作箭想射穿皮革。
驾蹇(jiǎn)驴而无策兮，	驾着跛驴又不驱策啊，
又何路之能极？	又怎么能够走到底？
以直针而为钓兮，	用笔直的鱼钩去垂钓啊，
又何鱼之能得？	有什么鱼会上钩？
伯牙之绝弦兮，	伯牙摔琴不再弹奏啊，

无锺子期而听之。 是因为失去知音锺子期。

和抱璞而泣血兮， 卞和抱着璞玉哭出血泪，

安得良工而剖之？ 哪有能工巧匠将它雕琢？

同音者相和兮， 音调相同才能声韵和谐，

同类者相似。 族类相同才能心灵互通。

飞鸟号其群兮， 飞鸟啼叫呼唤伙伴啊，

鹿鸣求其友。 鹿也嘶鸣寻求友伴。

故叩宫而宫应兮， 敲击宫调以宫调回应，

弹角而角动。 弹拨角调以角调对答。

虎啸而谷风至兮， 猛虎咆哮山谷中起风啊，

龙举而景云往。 神龙高飞有那祥云跟从。

音声之相和兮， 声音一致互相和谐啊，

言物类之相感也。 同种事物也能相互感应。

夫方圆之异形兮， 那方与圆形状不同啊，

势不可以相错。 势必不能错杂在一起。

列子隐身而穷处兮， 列子隐居避世穷困潦倒，

世莫可以寄托。 因为人世无处可以寄托。

众鸟皆有行列兮， 所有的鸟都能排列成行，

凤独翔翔而无所薄。 凤凰独自翱翔无凭无依。

经浊世而不得志兮， 历经混浊世道志向难成，

愿侧身岩穴而自托。 愿在山穴隐藏寄托此生。

欲阖口而无言兮， 本想紧闭口舌不再进言，
hé

尝被君之厚德。 但也曾受到君王的厚待。

独便悁而怀毒兮， 我独自愤懑心怀怨恨啊，
biàn yuān

愁郁郁之焉极。　　忧愁郁结到了极点。

念三年之积思兮，　想我有三年积下的思绪，

愿壹见而陈词。　　想要面见君王陈说忠言。

不及君而骋说兮，　不能见君而说尽衷情啊，

世孰可为明之。　　世人谁可以为我辩明。

身寝疾而日愁兮，　卧病不起我日日忧愁啊，

情沉抑而不扬。　　衷情压抑却不能表达。

众人莫可与论道兮，　没有人能和我谈论政道，

悲精神之不通。　　悲叹心志不能与君相通。

乱曰：　尾声：

鸾凰孔凤日以远兮，　凤凰孔雀都日渐飞远啊，

畜凫^{jiā}驾鹅。　　人们蓄养着野鸭和野鹅。

鸡鹜满堂坛兮，　　鸡与鸭充满了厅堂庭院，

鼀^{wā měng}黾游乎华池。　蛙类游在华丽池塘。

要褭^{yǎoniǎo}奔亡兮，　骏马要褭将奔走逃亡啊，

腾驾橐^{luò}驼。　　人们都驾乘骆驼。

铅刀进御兮，　　迟钝的铅刀侍奉御前啊，

遥弃太阿^ē。　　将那宝剑太阿远扔一边。

拔搴^{qiān}玄芝兮，　拔除那玄芝灵草啊，

列树芋荷。　　　将芋芳陈排种植。

橘柚萎枯兮，　　橘柚香木都枯萎啊，

苦李旖^{yǐ nǐ}旎。　苦涩李树却茂盛娇美。

^{biān ōu}
瓾瓯登于明堂兮，　陶盆土瓷置于厅堂啊，

周鼎潜乎深渊。　将周鼎抛弃在深渊。

自古而固然兮，　历来都是如此是非颠倒，
吾又何怨乎今之人！　我又为何怪罪现在的人！

哀时命

严忌

【题解】

《哀时命》是西汉景帝时期辞赋家严忌（又称庄忌）所作。

王逸《楚辞章句》认为本篇为哀悼屈原之作，但对于《哀时命》主旨更好的解释是：借屈原所作的辞赋形式来追述先人、感怀时事、哀叹个人命运。

《哀时命》全篇以屈原一生的遭遇为主线，悲叹自己像屈原一样生不逢时、怀才不遇，同时表达了批判现实黑暗、渴望避世升仙的意图，替当时众多文人才子一表悲哀，表现了这些不被朝廷取用的人对人生道路的迷茫。这种哀叹个人命运的心态与屈原忠贞爱国的心志有所不同。

全文模拟《离骚》的形式，追溯先人，感叹今世，尽管在形式和艺术上创新不多，但感情真挚，发于自身，是一篇汉代早期骚体赋佳作。

哀时命之不及古人兮，　　悲哀命运不比古之圣贤，
夫何予生之不遘时！　　　为什么我生不逢时！
往者不可扳援兮，　　　　过往之人已不能攀附啊，
倈者不可与期。　　　　　将来的人不可寄予期待。
志憾恨而不逞兮，　　　　悔恨那志向不能施展啊，
杼中情而属诗。　　　　　为发泄衷情而撰写诗文。

夜炯炯而不寐兮，　　夜半目明难以入眠啊，
　　怀隐忧而历兹。　　心怀痛楚经历万千。
心郁郁而无告兮，　　心思郁结无人可倾诉啊，
　　众孰可与深谋？　　众人谁能与我深切交流？
欲愁悴而委惰兮，　　忧愁憔悴而懒怠疲倦啊，
　　老冉冉而逮之。　　年寿渐老被岁月追及。
居处愁以隐约兮，　　在愁苦中隐居自守啊，
　　志沈抑而不扬。　　心志沉闷压抑难以振作。
道壅塞而不通兮，　　道路阻塞不能畅通向上，
　　江河广而无梁。　　江河宽广却没桥梁可渡。
愿至昆仑之悬圃兮，　　愿意去到昆仑山的悬圃，
　　采钟山之玉英。　　采集钟山上的玉树花朵。
揽瑶木之橝枝兮，　　攀折玉树的修长枝条啊，
　　望阆风之板桐。　　远望阆风山巅的板桐峰。
弱水汩其为难兮，　　弱水滚滚难以渡过啊，
　　路中断而不通。　　道路中断而不能通行。
势不能凌波以径度兮，　　必然难从水面径直而过，
　　又无羽翼而高翔。　　又没有翅膀能高高飞翔。
然隐悯而不达兮，　　就这样隐忍着不能通达，
　　独徙倚而彷徉。　　独自流连原地徘徊不前。
怅惝罔以永思兮，　　惆怅迷惘久久思索啊，
　　心纡轸而增伤。　　心中痛苦而悲伤日增。
倚踌躇以淹留兮，　　犹豫思量着停留于此啊，

日饥馑而绝粮。　饥饿度日粮食断绝。

廓抱景而独倚兮，　抱着影子独受这空寂啊，

超永思乎故乡。　长远思念我的故国家乡。

廓落寂而无友兮，　寂寞落魄而没有亲友啊，

谁可与玩此遗芳？　谁能够与我赏玩这花香。

白日晼晚其将入兮，　太阳偏西将落入山中啊，

哀余寿之弗将。　哀叹我的寿命也不久长。

车既弊而马疲兮，　车已经破败马也疲倦啊，

塞邅徊而不能行。　困顿又艰难无法前行。

身既不容于浊世兮，　我既不被这浊世所容啊，

不知进退之宜当。　又不知道进退哪个恰当。

冠崔嵬而切云兮，　帽冠高耸直入云霄啊，

剑淋离而从横。　长剑出鞘光华外露。

衣摄叶以储与兮，　衣袖宽大不能舒展啊，

左袪挂于榑桑。　左边袖口悬挂榑桑树上。

右衽拂于不周兮，　右边衣襟拂过不周山啊，

六合不足以肆行。　天地四方不能任我遨游。

上同凿枘于伏戏兮，　先能与伏羲同心同德啊，

下合矩矱于虞唐。　后能与尧舜也情意相投。

愿尊节而式高兮，　想要恪守法度崇尚高洁，

志犹卑夫禹汤。　心里却觉夏禹商汤低劣。

虽知困其不改操兮，　虽知困窘却不改变操守，

终不以邪枉害方。　也不因为奸佞妨害正直。

世并举而好朋兮，　　世人都求仕好结朋党啊，

　　一斗斛而相量。　　混淆斗斛用以衡量。

众比周以肩迫兮，　　众人比肩勾结迫害贤良，

　　贤者远而隐藏。　　贤明之人避远隐居潜藏。

为凤凰作鹑^{chún}笼兮，　　给凤凰打造逼仄的鸟笼，

　　虽翕翅其不容。　　即使收敛翅膀也难相容。

灵皇其不寤^{wù}知兮，　　君主他不醒悟明鉴啊，

　　焉陈词而效忠？　　哪能陈述衷情表达忠心？

俗嫉妒而蔽贤兮，　　世俗都嫉贤妒能啊，

　　孰知余之从容？　　谁知我的坚定始终如一？

愿舒志而抽冯^{píng}兮，　　我愿舒展情怀发泄愤懑，

　　庸讵^{jù}知其吉凶？　　又怎能知道未来凶吉？

璂珪^{zèng guī}杂于甄窒兮，　　珪璋美玉和陶瓦混杂啊，

　　陇廉与孟娵^{jū}同宫。　　陇廉丑陋却与孟娵同住。

举世以为恒俗兮，　　全世界都对此习以为常，

　　固将愁苦而终穷。　　我此生注定要忧愁苦痛。

幽独转而不寐兮，　　独处幽居辗转难眠啊，

　　惟烦懑而盈匈。　　只有愤懑盈满胸膛。

魂眇眇^{miǎo}而驰骋兮，　　魂魄飘荡周游天下啊，

　　心烦冤之忡忡。　　心中烦闷忧思忡忡。

志欲憾^{kǎn}而不憺^{dàn}兮，　　志向难成遗憾又不安啊，

　　路幽昧而甚难。　　前路昏暗而寸步难行。

块独守此曲隅兮，　　我独自守候在这角落啊，

然^{kǎn}歓切而永叹。　深切地痛苦久久地叹息。

愁修夜而宛转兮，　彻夜忧愁辗转反侧啊，

气^{guàn}滒沸其若波。　气血翻腾仿佛波涛。

握^{jī jué}剞劂而不用兮，　手握刻刀却不能使用啊，

操规矩而无所施。　操持规矩又无处施展。

骋骐骥于中庭兮，　骏马只在庭院中奔跑啊，

焉能极夫远道？　它们怎么能走长远的路？

置猿狖于^{yòu}槛槛兮，　将猿猴关置在木屋中啊，

夫何以责其捷巧？　怎么能让它们敏捷灵巧？

驷跛鳖而上山兮，　驾着跛足的龟鳖上山啊，

吾固知其不能升。　我定然知道其不能攀爬。

释管晏而任臧获兮，　弃置管仲晏婴任用奴仆，

何权衡之能称？　怎么能说是善用贤人呢？

筼^{jùn lù}簬杂于麋^{zōu}蒸兮，　修竹和麻秆混杂同处啊，

机蓬矢以射革。　用蓬蒿作箭想射穿皮革。

负檐荷以丈尺兮，　肩负重担局促难行啊，

欲伸要而不可得。　想伸展腰杆也不能够。

外迫胁于机臂兮，　既受到机弩的威胁啊，

上牵联于^{zēng yì}矰缴。　却又受到丝线的牵制。

肩倾侧而不容兮，　比肩顺从也难以容世啊，

固^{xiá}陕腹而不得息。　收腹屏息不得喘息。

务光自投于深渊兮，　隐士务光跳进深潭啊，

不获世之尘垢。　为了不沾染尘世污垢。

孰魁摧之可久兮，　　谁能在高耸之处久居啊，
　　愿退身而穷处。　　我愿退而寻求穷困之所。

凿山楹而为室兮，　　开凿山石作为屋室啊，
　　下被衣于水渚。　　下到水边披散衣服。

雾露蒙蒙其晨降兮，　清晨降下迷蒙的雨雾啊，
　　云依斐而承宇。　　云朵众多堆压在屋檐。

虹霓纷其朝霞兮，　　朝霞缤纷霓虹显现啊，
　　夕淫淫而淋雨。　　傍晚阴雨连绵不止。

chāo
怊茫茫而无归兮，　　惆怅迷茫无处可归啊，
　　怅远望此旷野。　　忧愁远望那辽阔原野。

下垂钓于溪谷兮，　　在地上的溪谷中垂钓啊，
　　上要求于仙者。　　上天求问升仙。

与赤松而结友兮，　　与赤松子结为好友啊，
　　　　　　ǒu
　　比王侨而为耦。　　与王子乔比肩为伴。

使枭扬先导兮，　　　令山神为我开路在前啊，
　　白虎为之前后。　　白虎在鞍前马后侍奉。

浮云雾而入冥兮，　　乘坐云雾进入玄冥之境，
　　骑白鹿而容与。　　骑着白鹿自在逍遥。

zhēng
魂眐眐以寄独兮，　　灵魂孤独寄托此生啊，
　yù
　泪徂往而不归。　　飘然离去不再归还。

处卓卓而日远兮，　　离开故土日益遥远啊，
　　志浩荡而伤怀。　　心绪旷远而内心伤感。

鸾凤翔于苍云兮，　　鸾鸟凤凰在云间高翔啊，

故矰_{zēng}缴_{zhuó}而不能加。　所以弓矢也难加害于它。

蛟龙潜于旋渊兮，　蛟与龙潜藏在深渊中啊，

　身不挂于罔罗。　自身不会被罗网所困。

知贪饵而近死兮，　知道贪求饵食就近乎死，

不如下游乎清波。　不如在清澈水中周游。

宁幽隐以远祸兮，　宁愿处幽僻处隐居避祸，

　孰侵辱之可为？　谁还能侵犯侮辱我呢？

子胥死而成义兮，　伍子胥以死来成就大义，

　屈原沉于汨罗。　屈原在汨罗江自沉。

虽体解其不变兮，　即便体解也不会改变啊，

　岂忠信之可化？　忠诚信义怎么能变化？

志恂恂而内直兮，　忠心耿耿情怀又刚直啊，

　履绳墨而不颇。　遵循规矩而没有偏颇。

执权衡而无私兮，　权衡考量而毫无私心啊，

　称轻重而不差。　称量轻重而没有偏差。

摡_{gài}尘垢之枉攘兮，　涤荡纷乱的尘土污垢啊，

　除秽累而反真。　扫除俗事牵累返璞归真。

形体白而质素兮，　形体洁白而质朴素净啊，

　中皎洁而淑清。　内心高洁而纯粹善良。

时厌饫_{yù}而不用兮，　时俗贪婪而不任用贤人，

　且隐伏而远身。　姑且隐匿潜藏抽身远走。

聊窜端而匿迹兮，　逃避祸患而隐藏踪迹啊，

　嗼_{mò}寂默而无声。　沉寂无言而缄默无声。

楚辞

独便悁^{biàn yuān}而烦毒兮，　　独自愤恨烦闷忧愁啊，

　焉发愤而抒情？　　　　怎能抒发愤慨排遣衷情？

时暧暧其将罢^{ài}兮，　　世事昏暗无以为继啊，

　遂闷叹而无名。　　　　于是悲叹籍籍无名。

伯夷死于首阳兮，　　伯夷死在首阳山啊，

　卒夭隐而不荣。　　　　最终隐居而死不得荣华。

太公不遇文王兮，　　姜太公若没遇到周文王，

　身至死而不得逞。　　　其人到死抱负难成。

怀瑶象而佩琼兮，　　怀抱美玉象牙而佩琼玉，

　愿陈列而无正。　　　　愿陈表忠心却无人作证。

生天地之若过兮，　　天生就好像人间过客啊，

　忽烂漫而无成。　　　　时光消逝而一事无成。

邪气袭余之形体兮，　　恶邪之气侵袭我的身体，

　疾憯怛^{cǎn dá}而萌生。　　疾病和忧愁都纷纷萌生。

愿壹见阳春之白日兮，　想见到那明媚的春日啊，

　恐不终乎永年。　　　　恐怕寿命不久就将终结。

九 怀

王褒

【题解】

《九怀》为西汉时期辞赋家王褒所作的九篇短文的合称，是一组代屈原立言的作品。

据王逸《楚辞章句》记载，"怀"为"思"，指的是屈原虽被放逐却思念君王，王褒感怀于屈原被污浊人世所排挤仍保有一腔真言的高洁品格，故作《九怀》，是为追思屈原并推崇其作品之文采与人格之崇高。同时王褒也借屈原的经历和情感，抒发了个人对当世之事、当世之君的看法，有警世之意。

《九怀》包括《匡机》《通路》《危俊》《昭世》《尊嘉》《蓄英》《思忠》《陶壅》《株昭》共九篇。

匡机

【题解】

《匡机》是《九怀》的首篇。"匡"，匡正补救；"机"通"几"，征兆、危机；"匡机"即匡正危机之意。

王褒描述了屈原欲表忠心但报国无门，于是去国远游追求理想，但思及故国又感忧愁的无尽痛苦之情。本文继承了屈原作品想象与现实结合的手法，以意象代述现实，表达了对屈原品德的赞美，及对其不能实现美政理想的遗憾和痛心。

全篇表现了屈原对国家和人民命运的深深关怀，这不仅是本篇的基调，也奠定了《九怀》总的基调。

极运兮不中，	天道运行啊并不中正，
来将屈兮困穷。	承受委屈啊穷困委顿。
余深愍兮惨怛。 mǐn dá	我深切忧伤啊心中悲痛，
愿一列兮无从。	想陈述衷情啊无处开口。
乘日月兮上征，	乘日月之光啊飞升上天，
顾游心兮鄗酆。 hào fēng	回首顾念啊镐京酆城。
弥览兮九隅，	将九州大地啊尽收眼底，
彷徨兮兰宫。	在那兰宫啊徘徊徜徉。
芷闾兮药房，	用白芷做大门与房室啊，
奋摇兮众芳。	香气散发啊众多花草。
菌阁兮蕙楼，	用香蕙做屋阁与楼台啊，
观道兮从横。 zòng	楼观间道路啊交错纵横。
宝金兮委积，	金银珠宝啊储备聚积，
美玉兮盈堂。	华美玉石啊盈满屋堂。
桂水兮潺湲，	香桂之水啊缓缓流淌，
扬流兮洋洋。	飞溅水花啊汩汩涌动。
蓍蔡兮踊跃， shī	长寿的大龟啊欢欣跃起，
孔鹤兮回翔。	孔雀仙鹤啊回旋飞翔。
抚槛兮远望，	抚摸栏杆啊向远眺望，
念君兮不忘。	思念君王啊时刻不忘。

悱郁兮莫陈，　　愤怒郁结啊不能陈词，

永怀兮内伤。　　长久感怀啊心中哀伤。

通路

【题解】

"通路"即通达求仕，希望能为君王任用，在朝廷担当重任之意。

《通路》的主旨与《匡机》类似，同样抒发了欲效力君王，却前途渺茫的愁苦和郁闷。但开头叙述了小人当道、贤明之人不得重用的现实，后文的想象也更丰富，以想象中的意气风发反衬社会的黑暗和政途的失意，加之结尾的直抒胸臆，侧面正面融为一体，将屈原的，抑或作者王褒的怀才不遇表现得淋漓尽致。

天门兮地户，　　天之门啊地之户，

孰由兮贤者？　　贤明之人啊能走什么路？

无正兮溷厕，　　奸佞小人啊混杂世间，

怀德兮何睹？　　有德之士啊谁能看见？

假寐兮愍斯，　　和衣而睡啊忧伤如此，

谁可与兮寤语？　　有谁能与我啊相对而语？

痛凤兮远逝，　　痛惜凤凰啊远远飞去，

畜鷃兮近处。　　在身旁啊蓄养鷃鹑。

鲸鱏兮幽潜，　　巨鲸鲟鱼在幽僻处潜游，

从虾兮游渚。　　小虾群啊徘徊在水洲。

乘虬兮登阳，　　乘驾虬龙啊上登天际，

载象兮上行。　　骑坐神象啊飞往苍穹。

朝发兮葱岭，　　清晨出发啊于那葱岭，

夕至兮明光。　　傍晚到达啊明光神山。

北饮兮飞泉，　　向北方饮取啊飞泉之水，

南采兮芝英。　　向南能采摘啊灵芝芳华。

宣游兮列宿，　　周游啊那二十八星宿，

顺极兮彷徉。　　环绕北极星啊自由徜徉。

红采兮骍衣，　　五彩霓虹啊做我的红衣，

翠缥兮为裳。　　青翠浮云啊做我的下裳。

舒佩兮綝缅，　　舒展我华美的佩玉啊，

竦余剑兮干将。　　手持我那宝剑啊干将。

腾蛇兮后从，　　飞腾的神蛇啊身后跟从，

飞驱兮步旁。　　飞翔的驱骡啊行走在旁。

微观兮玄圃，　　窥见啊那天帝悬圃，

览察兮瑶光。　　察看啊那瑶光星辰。

启匮兮探筴，　　开启匣子啊拿出蓍草，

悲命兮相当。　　悲叹命运啊所遭的祸患。

纫蕙兮永辞，　　缀连蕙草啊永远辞别，

将离兮所思。　　将要离开啊思念的君王。

浮云兮容与，　　云彩飘飘啊悠闲自在，

道余兮何之？　　引导我啊去向何方？

远望兮仟眠，　　向远眺望啊阴暗不明，

闻雷兮阗阗。   听闻雷声啊滚滚震天。

阴忧兮感余，   忧郁啊我无限感怀，

惆怅兮自怜。   惆怅失意啊自艾自怜。

危俊

【题解】

"危俊"即俊杰处境孤危之意。

《危俊》抒写屈原不容于世，于是幻想去国远游、升上天空、四处观览的历程，天下华美壮观的景色反而映衬出屈原没有知音，求不得明君赏识，不愿同流合污的孤独与悲愤。王褒此篇寄托屈原之事，诉说个人感情，全篇虽短，但语句工整，韵律和谐，想象丰富，意义深远。

林不容兮鸣蜩，   林中容不下啊鸣叫的蝉，

余何留兮中州？   我为何要留在啊那中原？

陶嘉月兮总驾，   美好的日子啊聚集车马，

搴玉英兮自修。   拔取玉树之花修饰自身。

结荣茝兮逶逝，   编结茂盛的芷草啊远去，

将去烝兮远游。   将要离开君主啊去远游。

径岱土兮魏阙，   过北方荒原和巍峨山阙，

历九曲兮牵牛。   经历九重苍天见牵牛星。

聊假日兮相佯，   姑且假借时日徜徉于此，

遗光耀兮周流。   放射光芒万丈照耀四方。

望太一兮淹息，　　仰望太一圣神暂且休息，
yū pèi
纡余辔兮自休。　　舒缓我的缰绳休整自身。

晞白日兮皎皎，　　天亮了太阳啊明亮灿烂，
弥远路兮悠悠。　　路途遥远啊长无尽头。
bèi
顾列孛兮缥缥，　　回首见彗星啊隐约遥远，
观幽云兮陈浮。　　观览那云雾啊堆叠浮游。
jù　　pīn yīn
钜宝迁兮砏磤，　　岁星变迁啊声如惊雷，
gòu
雊咸雏兮相求。　　雊鸡鸣叫啊互相求偶。

泱莽莽兮究志，　　空寂辽阔啊探求心志，
chóu
惧吾心兮忡忡。　　我心惊惧啊深深忧愁。

步余马兮飞柱，　　让我的马漫步在飞柱山，
chóu
览可与兮匹俦。　　寻找那可以作伴侣之人。

卒莫有兮纤介，　　最终也没有贤明之士，
yóu
永余思兮怮怮。　　我长久思念啊悲愁。

昭世

【题解】

"昭世"即使人世清明之意。

《昭世》仍是以飞升游仙为主要内容，抒写了忠君与罪君、恋国与去国的内心矛盾冲突，表达了报国无门、知音难寻的痛苦，特别是开头和结尾都点明：社会黑暗的根源在于君王昏聩。这一观点由王褒写出，既有感怀屈原之意，又有点透现世之人的用意，作为一介谏臣难能可贵。全篇运用想象和反衬等手法，富有《楚辞》一

如既往的浪漫色彩。

世溷兮冥昏，　　世道混浊啊昏暗不堪，

违君兮归真。　　离开君王啊回归本真。

乘龙兮偃蹇，　　乘驾神龙啊蜿蜒盘旋，

高回翔兮上臻。　　高高飞翔啊上到天穹。

袭英衣兮缇纫，　　身穿美丽衣装橘红丝袍，

披华裳兮芳芬。　　着华美下裳啊周身芳香。

登羊角兮扶舆，　　登上旋风啊扶摇而上，

浮云漠兮自娱。　　飘浮在银河啊自娱自乐。

握神精兮雍容，　　掌握着精气啊神态端方，

与神人兮相胥。　　我且在此等待啊神仙。

流星坠兮成雨，　　流星坠落啊好像落雨，

进瞵盼兮上丘墟。　　凝神注视啊登上山丘。

览旧邦兮滃郁，　　下视故国啊云烟弥漫，

余安能兮久居！　　我怎么能在这里久留！

志怀逝兮心恻栗，　　决心远走啊悲伤不已，

纡余辔兮踌躇。　　松缓我的缰绳啊徘徊。

闻素女兮微歌，　　听素女啊渺渺的歌声，

听王后兮吹竽。　　闻伏妃啊吹奏竽箫曲。

魂凄怆兮感哀，　　魂魄凄惨啊深感悲哀，

肠回回兮盘纡。　　思绪郁结啊盘桓曲折。

抚余佩兮缤纷，　　轻抚我的配饰啊繁盛，

高太息兮自怜。　　长长叹息啊自艾自怜。

使祝融兮先行，　　派祝融啊在前头开路，

令昭明兮开门。　　让炎神啊广开天门。

驰六蛟兮上征，　　驰骋六龙啊向天进发，

竦余驾兮入冥。　　驾起车马啊进入苍冥。

历九州兮索合，　　游历九州啊寻求知己，

谁可与兮终生？　　谁能和我啊共度此生？

忽反顾兮西圃，　　忽然回头啊看向西园，

睹轸丘兮崎倾。　　看到那轸丘啊崎岖倾危。

横垂涕兮泫流，　　涕泗横流啊泪水扑簌，

悲余后兮失灵。　　悲叹我的君王啊昏庸。

尊嘉

【题解】

"尊嘉"意为尊敬良善之贤人。王褒所敬重的，就是文中所提及的伍子胥和屈原等为国家鞠躬尽瘁的志士。赞颂前贤，实际也是王褒悲叹个人的身世飘零、不被重用。

与前几篇以屈原生平为叙述中心不同，《尊嘉》明显以王褒自身为主题，讲述他在春暖花开的时节不被君王重用，只能临淮水而悲叹。在汉代，淮水应为边远之地，或许王褒此时是被贬至淮水。遥望淮水，思及前贤，顾念故乡，感慨自己恰似浮萍，流落无依。

文中既写了芳兰、嘉木凋零的意象，指代先贤也指自身；又写想象的神游景象，与"抽蒲陈坐""援芙蓉为盖"的现实结合。全文既表现出《楚辞》的特点，又表现了王褒个人的情绪色彩，感情充沛，句式工整，显示出王褒的志向与文采。

季春兮阳阳，	春光三月啊温暖明媚，
列草兮成行。	草木百花啊茂盛芬芳。
余悲兮兰生，	我悲哀啊那兰花凋零，
委积兮从横_{zòng}，	落叶堆积啊枯枝纵横。
江离兮遗捐，	香草江离啊丢弃一边，
辛夷兮挤臧。	辛夷啊也遭排挤隐匿。
伊思兮往古，	想到那过往的贤良之臣，
亦多兮遭殃。	也都大多遭受谗言祸殃。
伍胥兮浮江，	伍子胥被害尸浮江面，
屈子兮沉湘。	屈原啊抱怨沉入湘江。
运余兮念兹，	一转念啊我想起这些，
心内兮怀伤。	心中痛苦啊感怀悲伤。
望淮兮沛沛，	远望淮水啊滚滚东流，
滨流兮则逝。	想要随着水流径直逝去。
榜舫兮下流_{bàng fǎng}，	乘着大船啊顺流而下，
东注兮磕磕。	东注入海啊水石鸣响。
蛟龙兮导引，	命令蛟龙啊先导引路，
文鱼兮上濑_{lài}。	使那文鱼啊逆水向上。
抽蒲兮陈坐，	拔取蒲草啊陈放为座席，
援芙蕖兮为盖。	采摘荷花啊作为船盖。
水跃兮余旌，	急流溅起啊跃上旌旗，

继以兮微蔡。　而后那浮萍啊也漫上船。

云旗兮电骛，　云旗招展啊风驰电掣，
倏忽兮容裔。^{yì}　迅疾来去啊从容自如。

河伯兮开门，　水神河伯啊张开大门，
迎余兮欢欣。　欢乐欣喜啊迎接我到来。

顾念兮旧都，　回首怀念啊故乡都城，
怀恨兮艰难。　心中怨恨啊举步维艰。

窃哀兮浮萍，　暗自感叹啊身如浮萍，
泛淫兮无根。　随水漂流啊无可寄托。

蓄英

【题解】

"蓄英"意思是养精蓄锐，蓄藏精英。

《蓄英》通过写景、思古、游仙、抒情四个部分，直接与间接地表明了对君王昏聩的失望和对黑暗朝政的不满，充分表达了对国家和君王情感的矛盾和苦闷。这种意欲离去却被对君王的情感和对家国政事的责任感拉扯的纠结，在文中体现得淋漓尽致。

秋风兮萧萧，　凄寒秋风啊萧萧瑟瑟，
舒芳兮振条。　摇动花草啊晃动枝条。
微霜兮眇眇，^{miǎo}　寒霜降下啊人世苍茫，
病天兮鸣蜩。^{tiáo}　飞蝉已死啊难以鸣叫。

玄鸟兮辞归，　黑色燕子啊辞别南归，

211

飞翔兮灵丘，　　　展翅高飞啊到那灵丘。

望溪谷兮瀁郁，　　远望溪谷啊郁郁葱葱，
　wěng
熊罴兮呴嗥。　　　熊罴猛兽啊震天吼叫。
　pí　hǒu háo

唐虞兮不存，　　　圣明尧舜啊都已不在，

何故兮久留？　　　我为何还要在此久留？

临渊兮汪洋，　　　面临深潭啊浩荡苍茫，

顾林兮忽荒。　　　回顾山林啊广阔荒凉。

修余兮袿衣，　　　修整我那华丽的衣袍，
　guī

骑霓兮南上。　　　乘坐彩霓啊飞向南方。

乘云兮回回，　　　驾乘云雾啊盘旋曲折，

亹亹兮自强。　　　勤勉不倦啊自强不息。
　wěi

将息兮兰皋，　　　在兰草岸边暂且休息，

失志兮悠悠。　　　志向难成啊思虑悠长。

芬蕴兮黴黧，　　　心绪郁结啊愁容满面，
　fén　méi lí

思君兮无聊。　　　思念君王啊烦闷忧虑。

身去兮意存，　　　躯体离去啊情意留存，

怆恨兮怀愁。　　　悲痛怨恨啊满怀哀愁。

思忠

【题解】

《思忠》先写梦中登天的一系列华美场景，其中穿插了意象的对比与情感的抒发，表明其意欲登天的原因是在现实中受到小人排挤而无法立足，最后又落笔在梦醒后现实的打击上，直抒内心的苦闷与忧愁。全文通过描写神游九天的梦境，表达了想尽忠而不能的无奈与愤懑，欲远游而不能缓解悲愁的忧伤与困顿，同时抨击了黑暗朝政与奸佞当道的现实。全篇以梦境映衬现实，富于浪漫色彩。

登九灵兮游神，　　登临九天啊游荡神灵，

静女歌兮微晨。　　神女歌唱啊在熹微清晨。

悲皇丘兮积葛，　　悲叹大山啊葛草成堆，

众体错兮交纷。　　枝节交错啊纷乱混杂。

贞枝抑兮枯槁，　　忠直的枝条压抑憔悴，

枉车登兮庆云。　　恶木枯枝反被重用尊敬。

感余志兮惨栗，　　感怀我的志向啊悲痛，

心怆怆兮自怜。　　心中忧伤啊自艾自怜。

驾玄螭兮北征，　　驾驶黑色龙车向北行进，
　（chī）

向吾路兮葱岭。　　径直开路啊去向葱岭。

连五宿兮建旄，　　连接五大星宿啊作旗旄，
　　（máo）

扬氛气兮为旌。　　扬起云雾之气啊作旌旗。

历广漠兮驰骛，　　在那广阔沙漠啊奔驰，

览中国兮冥冥。　　观览中原啊昏暗渺茫。

玄武步兮水母，　　神龟玄武与水神啊相送，

与吾期兮南荣。　　和我约定在那南荣再会。

登华盖兮乘阳，　　登华盖星啊攀上天顶，

聊逍遥兮播光。　　姑且自在徜徉在群星。

抽库娄兮酌醴，　　取库娄星啊斟上美酒，
　　（lí）

援瓟瓜兮接粮。　　援引瓟瓜星啊承接食粮。
（páo）

毕休息兮远逝，　　休息完毕啊我将远去，

发玉轫兮西行。　　驱车出发啊向西行进。

惟时俗兮疾正，　　想当世俗人啊嫉恨正直，

弗可久兮此方。　　就不能久留在这个地方。

寤辟摽兮永思，　　捶胸顿足啊不眠长思，

心怫郁兮内伤。　　心中郁结啊胸怀哀伤。

陶壅

【题解】

"陶"，毁谤；"壅"，阻塞。"陶壅"应为讽刺小人与时政之意。

此篇描写贤士遭排挤而不能为国效力，于是通过幻想飞天追逐理想，请教上天以人间正道，随后在天地间周游，最终感慨岁月沧桑而不得明君掌朝之悲哀。全篇想象丰富万端，用词精准犀利，尖锐地指出世道黑暗与贤者失意的真正原因在于君王失道。

览杳杳兮世惟，　　观看楚国这昏暗的世道，

余惆怅兮何归？　　我心中失意啊何处归还？

伤时俗兮溷乱，　　伤心世俗啊混乱污浊，

将奋翼兮高飞。　　我要振翅啊远走高飞。

驾八龙兮连蜷，　　驾驭八龙啊盘桓向前，

建虹旌兮威夷。　　树起彩旗啊蜿蜒招展。

观中宇兮浩浩，　　观览中原啊广阔宏大，

纷翼翼兮上跻。　　八龙飞动啊冲向苍天。

浮溺水兮舒光，　　　浮在若水上啊放光彩，
淹低佪兮京沶。　　　暂留徘徊在那水中高洲。
　hui　　chi
屯余车兮索友，　　　聚集我的车马寻求朋友，
睹皇公兮问师。　　　目睹天帝啊求教天道。
道莫贵兮归真，　　　论道莫贵于返璞归真，
羡余术兮可夷。　　　赞我有术啊心中欣喜。
吾乃逝兮南娭，　　　我就去往南方娱乐嬉戏，
　　xī
道幽路兮九疑。　　　经过幽暗道路到九嶷山。
越炎火兮万里，　　　越过那万里的酷热地，
过万首兮嶷嶷。　　　经过那高耸的海中群岛。
　yí
济江海兮蝉蜕，　　　渡过江海啊仿若升仙，
绝北梁兮永辞。　　　跨过北面崇山永远离去。
浮云郁兮昼昏，　　　乌云聚集啊白昼如夜，
霾土忽兮塺塺。　　　沙尘迅疾啊弥漫天际。
　méi
息阳城兮广夏，　　　在阳城的宽广屋厦歇息，
衰色冈兮中怠。　　　衰老迷惘内心疲惫不堪。
意晓阳兮燎寤，　　　我心意明了啊领悟世事，
　　wù
乃自诊兮在兹。　　　于是在此地啊自省反思。
思尧舜兮袭兴，　　　念尧舜能相继昌盛国家，
幸咎繇兮获谋。　　　幸用皋陶啊得到妙计。
　gāo yáo
悲九州兮靡君，　　　悲哀天下啊没有明君，
抚轼叹兮作诗。　　　抚车梁长叹作诗抒怀。

九
怀

陶壅

215

株昭

【题解】

"株"即"诛"，责备；"昭"，显贵之人。"株昭"即责备奸邪而无用的显贵人士之意。

本篇先运用大量意象对比，指责当世奸邪小人当道，使得忠臣君子怀才不遇、报国无门、遭受排挤的现实；随后描写幻想中去国飞升的一系列场景，虽想得解脱却仍牵挂君王和国家，于是处境无奈又内心悲伤。"乱曰"开启的部分可以说是此篇的尾声，也可以说是对《九怀》的收束，它描绘出理想的君王与朝廷，目的就是希望能够昭明君王，从而为国效力。然而现实黑暗，理想却不能达成，这也是《九怀》所氤氲的悲伤情绪的来源。

悲哉于嗟兮，心内切磋。　　悲哀叹息啊，心中痛彻仿佛刀割。

款冬而生兮，凋彼叶柯。　　款冬花凌寒开放啊，花草都凋落。

瓦砾进宝兮，捐弃随和。　　砖瓦当宝，抛弃隋侯珠与和氏璧。

铅刀厉御兮，顿弃太阿。　　钝刀侍奉御前啊，弃用太阿宝剑。

骥垂两耳兮，中坂蹉跎。　　骏马垂耳不前啊，蹉跎在半山坡。

蹇驴服驾兮，无用日多。　　跛驴拉车啊，无能之人日渐增多。

修洁处幽兮，贵宠沙䃰。　　高洁之臣隐居藏匿，小人得盛宠。

凤凰不翔兮，鹌鹑飞扬。　　凤凰不能高飞啊，鹌鹑自由来去。

乘虹骖蜺兮，载云变化。　　驾驭霓虹飞升啊，乘载万变云彩。

鹪鹏开路兮，后属青蛇。　　鹪鹏神鸟开路啊，青蛇紧随其后。

步骤桂林兮，超骧卷阿。　　车行正道，骏马昂首奔驰在崇山。

丘陵翔舞兮，溪谷悲歌。　　丘陵起舞啊，溪水山谷哀声歌唱。

神章灵篇兮，赴曲相和。　　河图洛书卜灵辞，琴瑟宫商调和。

余私娱兹兮，孰哉复加。　　我暗自如此娱乐，哪里能更快活。

还顾世俗兮，坏败罔罗。　　环顾世俗啊，败坏法度蒙蔽君主。

卷佩将逝兮，涕流滂沱。　　整理衣冠将离去，忽而涕泗横流。

乱曰：　　尾声：

　　皇门开兮照下土，　　皇家的大门打开啊光芒普照大地，

　　株秽除兮兰芷睹。　　邪恶与污秽尽除啊芳兰芷草得见。

　　四佞放兮后得禹，　　将四佞放逐啊然后大禹治理天下，

　　圣舜摄兮昭尧绪，　　圣君虞舜掌朝政继承唐尧的圣明。

　　孰能若兮愿为辅？　　谁能如他们般圣明啊我愿辅佐他！

九
怀

株 昭

217

九 叹

刘向

【题解】

《九叹》为西汉时期文学家刘向所作的九篇短文的合称。

王逸《楚辞章句》："叹者，伤也，息也。"屈原被放逐山野，仍不时思念君王，于是夙夜叹息。刘向追念屈原之忠信气节，故作《九叹》。

刘向一生历经汉代由盛转衰的四朝，身为宗室与朝臣，进言献赋颇多但今皆不传。《九叹》就是他忠言不受用、反遭排挤迫害时，转而排忧所作骚体赋的代表。所以《九叹》既是怀念屈原之作，又是借屈原之苦感自身之愁，表达了刘向理想难成的悲哀之情。结构上，《九叹》每篇都有"叹曰"作为尾声，显然与屈原的《九章》文脉相承。

《九叹》包括《逢纷》《离世》《怨思》《远逝》《惜贤》《忧苦》《愍命》《思古》《远游》共九篇。

逢纷

【题解】

《逢纷》是《九叹》的首篇。

全篇以屈原的口吻叙述，感慨了屈原怀美德而不为世所容的苦闷，以及对君王和故乡的思念，表达了刘向对屈原忠君爱国却遭贬自沉命运的悲愤感叹。文中将水之汹涌情态与哀愁绝望的情感相结合，更凸显了屈原命运多舛，也表现出刘向的叹惋。

伊伯庸之末胄兮，　　　　我是伯庸的后代子孙啊，
谅皇直之屈原。　　　　　诚信正直的屈原。
云余肇祖于高阳兮，　　　我继承于先祖帝高阳啊，
惟楚怀之婵连。　　　　　与怀王同根同源。
原生受命于贞节兮，　　　我自生来就怀有忠贞啊，
鸿永路有嘉名。　　　　　前途远大赐予好的姓名。
齐名字于天地兮，　　　　我的名字与天地齐平啊，
并光明于列星。　　　　　与群星同样光亮。
吸精粹而吐氛浊兮，　　　吸天地灵气吐出浊气啊，
横邪世而不取容。　　　　与邪恶俗世不能相容。
行叩诚而不阿兮，　　　　行为忠直真诚而不屈啊，
遂见排而逢谗。　　　　　于是被排挤、加之谗言。
后听虚而黜实兮，　　　　君王听虚言罢黜贤良啊，
不吾理而顺情。　　　　　不理睬我却顺从奸佞。
肠愤悁而含怒兮，　　　　心怀愤恨而饱含怒火啊，
志迁蹇而左倾。　　　　　志向委顿而颓丧。
心怅慌其不我与兮，　　　心中失意君不与我同心，
躬速速其不吾亲。　　　　志向相悖啊不与我亲近。
辞灵修而陨志兮，　　　　辞别君王怅惘失意啊，
吟泽畔之江滨。　　　　　在江边湖畔边沉吟。
椒桂罗以颠覆兮，　　　　椒桂香木都遭受灾难啊，

有竭信而归诚。　　　仍竭尽忠信与真诚。

谗夫蔼蔼而漫著兮，　　谗言众多而诽谤贤人啊，
　　曷其不舒予情。　　　君王为何不明察我衷情。
　　　hé

始结言于庙堂兮，　　　当初在朝廷结下约定啊，
　　信中途而叛之。　　　到中途却背弃了它。

怀兰蕙与衡芷兮，　　　我怀抱着兰蕙与蘅芷啊，
　　行中野而散之。　　　却被流放荒野不受重用。

声哀哀而怀高丘兮，　　声音哀切心怀高丘之山，
　　心愁愁而思旧邦。　　心中惆怅而思念故国。

愿承闲而自恃兮，　　　想在君王闲适时进言啊，
　　径淫曀而道壅。　　　道路却昏暗而被阻隔。
　　　yì

颜霉黧以沮败兮，　　　面色憔悴又沮丧颓败啊，
　　精越裂而衰耄。　　　精神溃散而日渐衰老。
　　　mào

裳襜襜而含风兮，　　　下裳被疾风吹起摇摆啊，
　　　chān
　　衣纳纳而掩露。　　　上衣为露水所沾湿。

赴江湘之湍流兮，　　　赶赴湍急的长江湘水啊，
　　顺波凑而下降。　　　顺着波浪向东漂荡。

徐徘徊於山阿兮，　　　在山间缓缓漫步徘徊啊，
　　飘风来之汹汹。　　　吹来的山风浩荡。

驰余车兮玄石，　　　　驾驶着我的车到玄石山，
　　步余马兮洞庭。　　　让我的马在洞庭边散步。

平明发兮苍梧，　　　　清晨从苍梧出发啊，
　　夕投宿兮石城。　　　黄昏在石城山住宿。

芙蓉盖而菱华车兮，　　以荷叶作车盖菱花作车，

　　紫贝阙而玉堂。　　　紫贝作楼台美玉作宫堂。

薜荔饰而陆离荐兮，　　薜荔作装饰美玉作床啊，

　　鱼鳞衣而白蜺裳。　　五彩的上衣洁白的下裙。

登逢龙而下陨兮，　　　登上逢龙山而向下俯瞰，

　　违故都之漫漫。　　　离开故都已经那么遥远。

思南郢之旧俗兮，　　　思念郢都的风俗习惯啊，

　　肠一夕而九运。　　　夜半愁肠九转想回家乡。

扬流波之潢潢兮，　　　深远的水面扬起波涛啊，

　　体溶溶而东回。　　　水势盛大向东疾流。

心怊怅以永思兮，　　　思绪惆怅久久思索啊，

　　意晻晻而日颓。　　　心灰意冷日渐颓丧。

白露纷以涂涂兮，　　　白露降下浓白一片啊，

　　秋风浏以萧萧。　　　秋风疾吹落叶萧萧。

身永流而不还兮，　　　我顺水流走不再归还啊，

　　魂长逝而常愁。　　　灵魂长久逝去却仍哀愁。

　　　　叹曰：　　　　尾声：

譬彼流水，纷扬磕兮。　　像那流水，纷纷扬扬撞击岩石啊。

波逢汹涌，濆滂沛兮。　　波涛奔涌，气势宏大又响声隆隆。

揄扬涤荡，漂流陨往，　　波涛激荡，漂流逝去，

　　触蚃石兮。　　　拍击巨石。

龙邛脟圈，缭戾宛转，　　水波盘旋，缭绕曲折，

　　阻相薄兮。　　　终被阻挡。

221

遭纷逢凶，蹇离尤兮。　　乱世遭遇凶灾，困顿啊遭受罪责。
垂文扬采，遗将来兮。　　留此篇章昭彰文采，传于后世啊。

离世

【题解】

《离世》以五个"灵怀"起笔，形成一种质问的气势，又援引天地、四时等来作证，口吻急切又带委屈，表达屈原对君王听信谗言、疏远自己的满腔愤懑。朝堂黑暗，自身清洁而不被任用，反而遭放逐被迫离开郢都，对此，屈原感到最为悲伤的不是自身被排挤与贬谪，而是国家被小人蛊惑而致于倾危的事实。放逐的路上屈原还不忘为君而悲、为国而伤，实在是爱恨深切。

灵怀其不吾知兮，　　怀王不知晓我的忠诚啊，
　灵怀其不吾闻。　　怀王他不了解我的清白。
就灵怀之皇祖兮，　　向怀王先祖倾诉心曲啊，
　愬灵怀之鬼神。　　向怀王的魂灵诉说冤情。
灵怀曾不吾与兮，　　怀王自来与我不相投啊，
　即听夫人之谀辞。　　还听信小人的谗言阿谀。
余辞上参于天地兮，　　我的谏言与天地相符合，
　旁引之于四时。　　朝夕昼夜也可为我作证。
指日月使延照兮，　　手指日月让它们明鉴啊，
　抚招摇以质正。　　轻抚北斗星辰为我辩明。
立师旷俾端词兮，　　请师旷考察端直忠言啊，

命咎繇使并听。 可使法官皋陶旁听为证。

兆出名曰正则兮， 占卜出名字叫作正则啊，

卦发字曰灵均。 根据卦象起表字为灵均。

余幼既有此鸿节兮， 我自小就有高尚节操啊，

长愈固而弥纯。 长大愈发坚定而更纯真。

不从俗而诐行兮， 不跟从流俗行为偏颇啊，

直躬指而信志。 我行正坐直有高尚情志。

不枉绳以追曲兮， 不违背法度追求邪曲啊，

屈情素以从事。 委屈衷情以求苟且进仕。

端余行其如玉兮， 我行为端正如同美玉啊，

述皇舆之踵迹。 追随着先王治国的脚步。

群阿容以晦光兮， 众小人阿谀阻挡圣听啊，

皇舆覆以幽辟。 先皇的正道被倾覆搁置。

舆中途以回畔兮， 车行半路突然回转啊，

骊马惊而横奔。 骊马受惊而狂奔乱跑。

执组者不能制兮， 驾车之人也不能控制啊，

必折轭而摧辕。 必定折断车轭损毁车辕。

断镳衔以驰骛兮， 断开缰绳让马儿驰骋啊，

暮去次而敢止。 到暮夜才停歇无人阻止。

路荡荡其无人兮， 宽阔的道路空荡无人啊，

遂不御乎千里。 于是奔驰千里无法止息。

身衡陷而下沉兮， 我横陷灾祸而被贬远啊，

不可获而复登。 不能重获信任进入朝堂。

九叹

离世

223

不顾身之卑贱兮， 我不顾念自身的卑贱啊，

惜皇舆之不兴。 只痛惜国运不能强盛。

出国门而端指兮， 走出城门我笔直向前啊，

冀壹寤而锡还。 希望君王醒悟赐我归还。
（wù）（cì）

哀仆夫之坎毒兮， 仆人为我而悲哀愤恨啊，

屡离忧而逢患。 悲哀我多受迫害遇祸患。

九年之中不吾反兮， 九年之中未曾召返我啊，

思彭咸之水游。 想与彭咸一同水中畅游。

惜师延之浮渚兮， 怜师延投水葬身洲渚啊，

赴汨罗之长流。 我要奔赴滚滚汨罗江水。

遵江曲之逶移兮， 沿着曲折的江水漂流啊，
（wēi）

触石碕而衡游。 碰到石岸而横身水流。
（qí）

波沣沣而扬浇兮， 波涛隆隆回旋涌起啊，
（fēng）（nào）

顺长濑之浊流。 顺着混浊的疾流行驶。
（lài）

凌黄沱而下低兮， 乘着长江水漂向下游啊，

思还流而复反。 想遇到回旋之水再回返。

玄舆驰而并集兮， 水与行船并驾齐驱啊，

身容与而日远。 我随波逐流日渐远去。

棹舟杭以横沥兮， 挥动船桨横渡江水啊，
（lì）

济湘流而南极。 渡过湘水到极南之地。

立江界而长吟兮， 站在江边长长吟啸啊，

愁哀哀而累息。 愁绪不绝而叹息不止。

情慌忽以忘归兮， 心神恍惚忘记归还啊，

神浮游以高历。　　神思高飞飘浮在天际。

_{qióng}
心蛩蛩而怀顾兮，　　心怀忧郁怀念君王啊，

魂眷眷而独逝。　　灵魂眷恋但独自逝去。

　　　　叹曰：　　尾声：

余思旧邦，心依违兮。　我怀念故国，心中犹豫不决啊。

日暮黄昏，羌幽悲兮。　日落黄昏时，心中悲愁忧郁啊。
_{yǐng}
去郢东迁，余谁慕兮。　离开郢都向东，我在思慕谁啊。

谗夫党旅，其以兹故兮。　谗佞朋党群聚，是这个原因啊。

河水淫淫，情所愿兮。　河水流远，我情愿变成这样啊。
_{yǐng}
顾瞻郢路，终不返兮。　回看郢都之路，最终不能回返。

怨思

【题解】

　　《怨思》仍借屈原的口吻，抒发了自身高洁贤明不被任用，却被迫流放的怨愤和惆怅之情，通过一系列比喻和历史人物等的对比和描写，强烈抨击了忠直不见用、贤者遭谗害的黑暗世道，随后表达了自身的犹豫与徘徊，最终选择离去的苦闷和忧伤。

　　全篇通过各类意象和典故营造出较为沉闷忧伤的氛围，使得屈原的情感恰当地蕴含其中。结尾的"叹曰"，也直抒屈原的郁闷幽怨之情。

惟郁郁之忧毒兮，　我心中忧伤痛苦非常啊，
_{lǎn}
志坎壈而不违。　志向难成但不违背忠信。

身憔悴而考旦兮，　　　忧心憔悴哀愁终日啊，

　日黄昏而长悲。　　　　日暮黄昏长久悲伤。

闵空宇之孤子兮，　　　可怜独坐空屋的孤儿啊，

　哀枯杨之冤鶵。　　　　悲哀那枯杨树上的雏鸟。

孤雌吟于高墉兮，　　　失伴的雌鸟在高墙长吟，

　鸣鸠栖于桑榆。　　　　鸠鸟栖息在桑榆树哀鸣。

玄蝯失于潜林兮，　　　黑猿在深林中迷失啊，

　独偏弃而远放。　　　　独自被丢弃而远远流放。

征夫劳于周行兮，　　　征夫在大路上奔波啊，

　处妇愤而长望。　　　　妻子愤懑而眺望思念。

申诚信而罔违兮，　　　坚守忠贞诚信不违背啊，

　情素洁于纽帛。　　　　情感素雅洁净就像束帛。

光明齐于日月兮，　　　品格光明与日月并肩啊，

　文采燿于玉石。　　　　文采闪耀就像玉石。

伤压次而不发兮，　　　伤身压抑不能发扬美德，

　思沉抑而不扬。　　　　思虑沉闷压抑不得抒发。

芳懿懿而终败兮，　　　芳香馥郁却终究衰败啊，

　名靡散而不彰。　　　　声名消散而不能彰显。

背玉门以奔骛兮，　　　离开宫门奔驰离去啊，

　蹇离尤而干诟。　　　　困顿遭责自求侮辱。

若龙逄之沉首兮，　　　就像关龙逄死谏被杀头，

　王子比干之逢醢。　　　王子比干被剁成肉酱。

念社稷之几危兮，　　　想到社稷危在旦夕啊，

反为雠而见怨。 进谏反被仇视与冤枉。

思国家之离沮兮， 思及国家分崩离析啊，

躬获愆而结难。 尽忠反获罪招致祸患。

若青蝇之伪质兮， 小人像青蝇混淆黑白啊，

晋骊姬之反情。 如晋国骊姬挑拨感情。

恐登阶之逢殆兮， 唯恐登殿进言遇灾祸啊，

故退伏于末庭。 因而退身潜伏在末位。

孽臣之号呶兮， 奸佞之臣大呼小叫啊，

本朝芜而不治。 扰得朝廷无贤人治理。

犯颜色而触谏兮， 触怒龙颜忠言直谏啊，

反蒙辜而被疑。 反而蒙受罪责被疑心。

菀蘼芜与菌若兮， 蘼芜菌若积滞不用啊，

渐藁本于泞渎。 将藁本沉浸在污水沟。

淹芳芷于腐井兮， 芳香芷草泡在臭水井啊，

弃鸡骇于筐簏。 抛弃那犀角在竹筐草篓。

执棠谿以刜蓬兮， 拿宝剑棠谿砍伐蓬草啊，

秉干将以割肉。 持利剑干将来把肉切。

筐泽泻以豹鞟兮， 恶草泽泻装满豹皮袋啊，

破荆和以继筑。 用杵锤破那和氏美璧。

时溷浊犹未清兮， 时下污浊善恶不分啊，

世殽乱犹未察。 世道混乱也不能明察。

欲容与以俟时兮， 想缓步前行等待时机啊，

惧年岁之既晏。 又恐怕年岁已经太晚。

227

顾屈节以从流兮，　　想委屈节操随波逐流啊，

　　心巩巩而不夷。　　却心绪郁结情志难平。

宁浮沅而驰骋兮，　　愿漂流沅水奔驰而去啊，

　　下江湘以遭回。　　下到长江湘水徘徊不前。
　　　　zhān

　　　　叹曰：　　尾声：

山中槛槛，余伤怀兮。　　行车山中，我心悲伤啊。

征夫皇皇，其孰依兮。　　征夫彷徨，能依靠谁啊。

经营原野，杳冥冥兮。　　去往荒野，昏暗无人啊。

乘骐骋骥，舒吾情兮。　　乘驾良驹，抒发衷肠啊。

归骸旧邦，莫谁语兮。　　尸骨还乡，愿与谁说啊。

长辞远逝，乘湘去兮。　　辞别远去，乘着湘水啊。

远逝

【题解】

《远逝》叙写屈原不被楚王信任，即便手指青天有神为证，依然要被放逐江南，而放逐路上一切所见都让屈原更加思念家乡与故都，然而忧愁满怀无法回到郢都，最后只得暗自悲伤，乘舟远逝。

在《远逝》的内容安排上，刘向似是模拟《九章·惜诵》一篇的手法，召集多方神灵来倾诉心事，让神灵们为屈原排解忧思。神灵们于是教其从此羽化，远走高飞。此篇也有一些游仙内容的描写，不过后文还是归于放逐之路。

　　　　　　fù
志隐隐而郁怫兮，　　心中忧愁愤懑郁结啊，

愁独哀而冤结。 独自哀愁冤气郁结。

肠纷纭以缭转兮， 思绪愁肠百转千回啊，
涕渐渐其若屑。 泣涕流淌不能断绝。
chán

情慨慨而长怀兮， 胸怀愤懑慨然长叹啊，
信上皇而质正。 诚信天帝都可为我作证。

合五岳与八灵兮， 聚问五岳和八方神灵啊，
讯九魖与六神。 向北斗九星与六神讯问。
qí

指列宿以白情兮， 手指群星以表衷情啊，
诉五帝以置词。 向五方天帝告诉陈词。

北斗为我折中兮， 北斗可证明我的中正啊，
太一为余听之。 太一上神为我判断是非。

云服阴阳之正道兮， 说要遵循阴阳的正道啊，
御后土之中和。 恪守后土的中和之行。
yǒu qiú

佩苍龙之蚴虬兮， 佩戴盘曲的苍龙配饰啊，
带隐虹之逶蛇。 以蜿蜒的巨虹作为系带。
wēi yí

曳彗星之晧旰兮， 引着彗星大放光芒啊，
抚朱爵与鵔鸃。 轻抚朱雀鵕鸃而高飞。
hào hàn
què jùn yí

游清灵之飒戾兮， 在清凉的天穹上遨游啊，
服云衣之披披。 身穿飘动的五彩云衣。

杖玉华与朱旗兮， 以玉华与朱旗为杖啊，
垂明月之玄珠。 垂带明月般的珠宝。
dì

举霓旌之蟷翳兮， 高举霓虹旌旗遮蔽苍天，
建黄缥之总旄。 竖起黄昏之赤色为旌旗。
xūn máo

躬纯粹而罔愆兮，qiān
言行纯粹而没有过失啊，

承皇考之妙仪。
继承了先祖的美好法度。

惜往事之不合兮，
可惜往日与君王不合啊，

横汨罗而下沥。lì
横沉在汨罗江顺流而下。

乘隆波而南渡兮，
乘着滚滚波涛向南行啊，

逐江湘之顺流。
追逐长江湘水而东流。

赴阳侯之潢洋兮，huáng
奔赴波涛之神的疾流啊，

下石濑而登洲。lài
越过石潭险滩登上岛洲。

陵魁堆以蔽视兮，
遇高大山石遮蔽视线啊，

云冥冥而暗前。
云雾迷蒙眼前一片昏暗。

山峻高以无垠兮，
崇山高大没有边界啊，

遂曾闳而迫身。hóng
层峦峰峻压迫人心。

雪雰雰而薄木兮，fēn
大雪纷纷覆盖林木啊，

云霏霏而陨集。
云雾浓密下落聚集。

阜隘狭而幽险兮，
山谷狭隘幽远险峻啊，

石嵾嵯以翳日。cēn cī
巨石参差可遮蔽天日。

悲故乡而发忿兮，
悲伤故乡心怀愤恨啊，

去余邦之弥久。
离开故国已经太久。

背龙门而入河兮，
背离郢都东门进黄河啊，

登大坟而望夏首。
登上高岸眺望夏水之口。

横舟航而济湘兮，
驾驶舟船渡过湘江啊，

耳聊啾而憛慌。tǎng
寂静如耳鸣我心失意。

波淫淫而周流兮，
波浪滔滔水流回旋啊，

鸿溶溢而滔荡。	大水涌动一片激荡。
路曼曼其无端兮，	长路漫漫没有终点啊，
周容容而无识。	周边纷乱而没有标识。
引日月以指极兮，	招日月来为我指方向啊，
少须臾而释思。	暂时能释然思绪。
水波远以冥冥兮，	水波渺远昏暗迷蒙啊，
miǎo	
眇不睹其东西。	过于遥远辨不明东西。
顺风波以南北兮，	顺着风浪南北漂荡啊，
雾宵晦以纷纷。	云雾弥漫白昼如黑夜。
日杳杳以西颓兮，	太阳幽远地向西落下啊，
路长远而窘迫。	路途遥远又处境困顿。
lǐ	
欲酌醴以娱忧兮，	想要饮酒排遣忧愁啊，
jiǎn	
蹇骚骚而不释。	愁绪纷纷而不能释然。
叹曰：	尾声：
fú	
飘风蓬龙，埃坲坲兮。	旋风回转，尘埃扬起啊。
草木摇落，时槁悴兮。	草木凋零，枯萎憔悴啊。
遭倾遇祸，不可救兮。	遭受祸患，不能挽救啊。
xī	
长吟永欷，涕究究兮。	悲吟长叹，泪流不止啊。
舒情陈诗，冀以自免兮。	抒情作诗，希望免灾啊。
颓流下陨，身日远兮。	随水流去，日渐远去啊。

惜贤

《惜贤》是《九叹》中唯一一篇不是以屈原为第一人称，而是以作者刘向自己的口吻抒写的作品。

本篇是刘向在阅读屈原的《离骚》后发表的感想，表达了刘向对高洁、忠直的屈原不受重用还遭小人谗害的痛惜之情，以及对古代诸多忠谏之臣悲惨遭遇的愤慨和惋惜之情，同时还抒发了刘向自身生逢乱世、命运不济的郁闷与忧伤，表明自身愿向屈原等先贤学习，洁身自好不同流合污的信念。

览屈氏之《离骚》兮，	阅览屈原的《离骚》啊，
心哀哀而怫郁。	心中哀怨愤懑郁结。
声嗷嗷以寂寥兮，	放声疾呼无人回应啊，
顾仆夫之憔悴。	看那仆人也忧愁瘦损。
拨谄谀而匡邪兮，	治理谗佞匡正邪恶啊，
切澊涊之流俗。	严整污浊卑鄙的世俗。
荡湲湋之奸咎兮，	涤荡污秽奸恶之人啊，
夷蠢蠢之溷浊。	铲平骚动杂乱的混浊。
怀芬香而挟蕙兮，	怀抱芬芳手执蕙草啊，
佩江蓠之斐斐。	佩戴江离草香气馥郁。
握申椒与杜若兮，	我握持申椒与杜若啊，
冠浮云之峨峨。	头戴浮云冠高高耸立。
登长陵而四望兮，	登上高丘四下眺望啊，

楚辞

览芷圃之蠡蠡。 lí　　观览园圃中行列香芷。

游兰皋与蕙林兮，　　游赏兰岸与蕙丛啊，

睨玉石之参嵯。 nì cēn cī　　斜看玉石丛丛参差。

扬精华以眩耀兮，　　美丽花朵光彩夺目啊，

芳郁渥而纯美。　　香气浓盛而纯粹美好。

结桂树之旖旎兮， yī nǐ　　系结桂树柔美的枝叶啊，

纫荃蕙与辛夷。　　缀联起香荃蕙草与辛夷。

芳若兹而不御兮，　　花草如此芬芳不佩戴啊，

捐林薄而菀死。 yùn　　反抛弃在丛林积滞枯死。

驱子侨之奔走兮，　　想供王子乔驱驰奔走啊，

申徒狄之赴渊。　　想如申徒狄般奔赴深渊。

若由夷之纯美兮，　　像许由伯夷纯洁美好啊，

介子推之隐山。　　像介子推一样隐居深山。

晋申生之离殃兮，　　怜晋国申生遭遇灾祸啊，

荆和氏之泣血。　　叹楚国卞和抱玉泣血。

吴申胥之抉眼兮，　　哀吴国伍子胥挖双眼啊，

王子比干之横废。　　悲王子比干横遭剖心。

欲卑身而下体兮，　　想卑躬屈膝顺从世俗啊，

心隐恻而不置。　　心中痛苦不能放弃美德。

方圜殊而不合兮， yuán　　方圆悬殊不能相合啊，

钩绳用而异态。　　钩绳有曲直而功用不同。

欲俟时于须臾兮， sì　　想等待一瞬美好时光啊，

日阴曀其将暮。 yì　　偏偏遮云蔽日天近黄昏。

时迟迟其日进兮，　　　时光慢慢日渐流逝啊，
　年忽忽而日度。　　　年岁匆匆迅疾度过。

妄周容而入世兮，　　　妄想苟且与世相容啊，
　内距闭而不开。　　　心中拒绝不能想开。

俟(sì)时风之清激兮，　　等待时世的风俗清澈啊，
　愈氛雾其如塺(méi)。　可雾气愈浓如同浮尘。

进雄鸠之耿耿兮，　　　像雄鸠一般忠诚正直啊，
　谗介介而蔽之。　　　却有小人离间蒙蔽圣听。

默顺风以偃(yǎn)仰兮，　想沉默顺风依势而行啊，
　尚由由而进之。　　　心中迟疑是否该前行。

心忼恨(kuǎng làng)以冤结兮，　失意怅惘心绪郁结啊，
　情舛(chuǎn)错以曼忧。　心神错杂忧伤弥漫。

搴薜荔(qiān bì)于山野兮，　在山野中拔取薜荔啊，
　采樀支(yān)于中洲。　　在水中小洲采摘樀支。

望高丘而叹涕兮，　　　眺望高丘叹息流泪啊，
　悲吸吸而长怀。　　　悲泣不止而长久怀念。

孰契契而委栋兮，　　　谁愁苦难当委屈自身啊，
　日晻晻(yǎn)而下颓。　太阳渐暗将要沉落西方。

　　　叹曰：　　　　　尾声：

江湘油油，长流汩兮。　长江湘水滔滔，长久川流不息啊。

挑揄(yú)扬汰，荡迅疾兮。　涌动扬起波浪，漂荡来去迅疾啊。

忧心展转，愁怫(fú)郁兮。　忧心忡忡辗转难眠，忧愁郁闷啊。

冤结未舒，长隐忿兮。　冤气不得纾解，长久隐忍愤恨啊。

丁时逢殃，可奈何兮。　　生不逢时遇到灾祸，又该如何啊。

劳心悁悁，涕滂沱兮。　　恳切忧心为国，泪流如雨不止啊。

忧苦

【题解】

《忧苦》以悲忧愁苦起笔，抒写屈原被放逐数年不被召回的绝望、流落异乡的凄苦，通过一系列意象对比，宣泄出对忠奸不辨、善恶不分的黑暗社会的强烈不满，同时表达其故国之思和去国之恨。

刘向精心描写屈原被放逐山野的场景，以凄寒清冷的景物衬托出屈原的孤独与憔悴；随后间接描写转直接描写，直笔抒写屈原内心的愁闷和无法纾解的痛苦；最后以比喻、意象对比的手法来表现黑白颠倒的社会现实。

悲余心之悁悁兮，　　我的心中悲伤苦闷啊，

哀故邦之逢殃。　　哀痛故国又遭遇灾殃。

辞九年而不复兮，　　放逐九年不被召回啊，

独茕茕而南行。　　孑然一身我向南前行。

思余俗之流风兮，　　想到楚国流俗风气啊，

心纷错而不受。　　心绪纷乱到难以忍受。

遵野莽以呼风兮，　　沿着山野呼唤清风啊，

步从容于山廀。　　在山坳坳中悠然漫步。

巡陆夷之曲衍兮，　　在曲折平地上巡行啊，

幽空虚以寂寞。 幽静空旷而孤寂无声。

倚石岩以流涕兮， 倚靠岩石掩面哭泣啊，

忧憔悴而无乐。 忧愁瘦损而不能快乐。

cuán wán

登巑岏以长企兮， 登上山峰伫立远眺啊，

yǐng

望南郢而窥之。 看一看我的故乡郢都。

山修远其辽辽兮， 群山渺远遥遥不见啊，

涂漫漫其无时。 路途漫长而归期难定。

听玄鹤之晨鸣兮， 听闻玄鹤清晨鸣啼啊，

于高冈之峨峨。 站在那巍峨的山冈上。

独愤积而哀娱兮， 独自愤懑忧愁难解啊，

翔江洲而安歌。 翱翔江岛而安然歌唱。

三鸟飞以自南兮， 三青鸟自南方飞来啊，

览其志而欲北。 看它意愿想向北方去。

原寄言于三鸟兮， 要将忠言寄托于它啊，

去飘疾而不可得。 迅疾飞去我心愿难偿。

欲迁志而改操兮， 想要移情改变节操啊，

心纷结其未离。 心烦意乱却忠信不移。

外彷徨而游览兮， 外表悠然游玩观览啊，

内恻隐而含哀。 内心悲痛而心怀哀伤。

聊须臾以时忘兮， 姑且苟延忘却忧伤啊，

心渐渐其烦错。 而心绪逐渐烦闷错乱。

原假簧以舒忧兮， 愿借管弦纾解忧愁啊，

yū

志纡郁其难释。 情志沉郁而难以排遣。

楚辞

叹《离骚》以扬意兮，　　吟诵《离骚》表衷情啊，

犹未殚于《九章》。　　《九章》也难竭尽忧伤。

长嘘吸以于悒兮，　　长长吐息哽咽哭泣啊，

涕横集而成行。　　涕泗横流都汇集成行。

伤明珠之赴泥兮，　　伤感明珠丢进泥水啊，

鱼眼玑之坚藏。　　反把鱼眼当宝珠收藏。

同驽骡与乘驵兮，　　将骡子和骏马混同啊，

杂斑驳与阘茸。　　庸碌又低劣之人错杂。

葛藟藟于桂树兮，　　葛藟缠绕在桂树上啊，

鸱鸮集于木兰。　　鸱鸮恶鸟落在木兰树。

偓促谈于廊庙兮，　　小人在朝堂高谈阔论啊，

律魁放乎山间。　　贤才却遭放逐在山间。

恶虞氏之箫《韶》兮，　　厌恶虞舜的《韶》乐啊，

好遗风之《激楚》。　　却喜爱流行的《激楚》。

潜周鼎于江淮兮，　　将周鼎沉入江淮水底啊，

爨土鬵于中宇。　　反架起土锅烧煮在厅堂。

且人心之持旧兮，　　人心尚且有旧时风俗啊，

而不可保长。　　但世风日下也难以久长。

遭彼南道兮，　　回转向南方道路前行啊，

征夫宵行。　　如同征夫不分昼夜劳作。

思念郢路兮，　　思念那回郢都的道路啊，

还顾睠睠。　　不断回首顾念难以消散。

涕流交集兮，　　泪水不止横流在面庞啊，

泣下涟涟。　啜泣泪流连绵不能停止。

叹曰：　尾声：

登山长望，中心悲兮。　登上高山远眺，心中悲伤啊。

菀彼青青，泣如颓兮。　那草木茂盛，眼泪却流淌啊。
　yù

留思北顾，涕渐渐兮。　思念故乡向北望，泪水涟涟。
　chán

折锐摧矜，凝泛滥兮。　摧折了意志，与世俗同流啊。

念我茕茕，魂谁求兮？　念在我孤独，魂魄求于谁啊？
　qióng

仆夫慌悴，散若流兮。　仆人憔悴，像流水般离散啊。

怨命

【题解】

　　《怨命》仍是刘向为屈原代言，先写先祖亲贤臣远小人，社会政治清明，反衬当时的朝廷之黑暗，随后以各类意象与人物对比，抨击社会颠倒黑白、混乱不堪，陈言痛惜个人生不逢时、怀才不遇，最后表示了对君王和国家的失望，并自哀悲惨的命运。

　　作者刘向悲哀屈原怀有忠直之心、报国之才，反被排挤流放，最终竟自沉江水的悲惨命运。特别是文中引用了很多汉代人物的典故，这实际上明显体现了刘向也痛惜自己的生不逢时、报国无门，表达了他对治世的向往。

　　昔皇考之嘉志兮，　过去先祖志向高洁啊，

　　喜登能而亮贤。　爱好仁德而推举贤能。

　　情纯洁而罔薉兮，　性情纯良身无污秽啊，
　　huì

姿盛质而无愆^{qiān}。　　姿质美盛而没有过失。

放佞人与谄谀兮，　　放逐奸佞与阿谀小人啊，

斥谗夫与便嬖^{pián bì}。　　斥责谗言者和邀宠之人。

亲忠正之悃^{kǔn}诚兮，　　亲近极尽忠诚之人啊，

招贞良与明智。　　招纳贤良与明智之士。

心溶溶其不可量兮，　　心胸宽广不可丈量啊，

情澹澹其若渊。　　性情恬静就仿佛水渊。

回邪辟而不能入兮，　　邪曲的言行难侵入啊，

诚原藏而不可迁。　　真诚永久而不可变更。

逐下袟^{zhì}于后堂兮，　　乱政侍妾赶出后宫啊，

迎宓^{fú}妃于伊雒^{luò}。　　迎接由洛水来的宓妃。

制谗贼于中廇^{fù liù}兮，　　从朝廷中铲除奸贼啊，

选吕管于榛薄。　　从幽僻处选拔吕望管仲。

丛林之下无怨士兮，　　山野中没有怨怒之人啊，

江河之畔无隐夫。　　江河岸边没有隐居名士。

三苗之徒以放逐兮，　　将三苗佞臣放逐在外啊，

伊皋之伦以充庐。　　伊尹皋陶贤臣占据朝堂。

今反表以为里兮，　　如今却颠倒表里黑白啊，

颠裳以为衣。　　把那下裳当作上衣。

戚宋万于两楹兮，　　亲近南宫万置于高位，

废周邵于遐夷。　　将周公召公远远抛弃。

却骐骥以转运兮，　　放着千里马让它拉车啊，

腾驴骡以驰逐。　　却乘驾驴骡想使其奔驰。

蔡女黜而出帷兮，　蔡国美女被逐出帷帐啊，
戎妇入而䌽绣服。　边戎野妇却能身披绣服。

庆忌囚于阱室兮，　囚禁勇士庆忌在地牢啊，
陈不占战而赴围。　叫懦夫陈不占征战解围。

破伯牙之号钟兮，　打破伯牙的号钟琴啊，
挟人筝而弹纬。　抱着普通的筝琴弹奏。

藏珉石于金匮兮，　像玉的石头藏在金匮啊，
捐赤瑾于中庭。　美玉赤瑾却抛弃在院中。

韩信蒙于介胄兮，　韩信身披铠甲做士卒啊，
行夫将而攻城。　士兵却做将领指挥攻城。

莞芎弃于泽洲兮，　香莞川芎舍弃在湿地啊，
匏蠡蠹于筐簏。　匏瓢收藏在竹筐被虫蛀。

麒麟奔于九皋兮，　麒麟在深远沼泽奔腾啊，
熊罴群而逸囿。　熊罴成群却在苑囿散步。

折芳枝与琼华兮，　折下美丽芳枝与玉花啊，
树枳棘与薪柴。　却种植恶木枳棘与干柴。

掘荃蕙与射干兮，　挖掉香草荃蕙与射干啊，
耘藜藿与襄荷。　反栽种野菜藜藿与襄荷。

惜今世其何殊兮，　痛惜现在世道如此不同，
远近思而不同。　思考古今差异如此巨大。

或沉沦其无所达兮，　有人沉湎一事无成啊，
或清激其无所通。　有人明理不为世所容。

哀余生之不当兮，　悲哀我生不逢时啊，

独蒙毒而逢尤。	独自蒙冤遭受罪责。
虽謇謇（jiǎn）以申志兮，	虽然忠诚地表明心志啊，
君乖差而屏之。	与君意违背遭遇抛弃。
诚惜芳之菲菲兮，	真诚爱惜花朵的芬芳啊，
反以兹为腐也。	君王却认为这是腐臭。
怀椒聊之莈莈（shè）兮，	怀有椒的馨香啊，
乃逢纷以罹（lí）诟也。	却遭逢乱世备受责骂。
叹曰：	尾声：
嘉皇既殁（mò），终不返兮。	圣君已经逝去，不能回返啊。
山中幽险，郢路远兮。	山中幽暗危险，郢都路远啊。
谗人（yīng）谀（sù）诉，孰可愬兮。	小人花言巧语，谁能倾诉啊。
征夫罔极，谁可语兮。	征夫路远无边，有谁可说啊。
行吟累欷（xī），声喟喟（kuì）兮。	边走边吟边长叹，哀不断啊。
怀忧含戚，何侘傺（chà chì）兮。	怀抱忧愁悲哀，失意无尽啊。

思古

【题解】

《思古》主要叙写屈原被放逐后，困顿失意，孤苦而无所适从，进退两难的情景。起笔描绘出幽暗凄清的自然环境，屈原独自一人在此徘徊，心情凄楚抑郁，此时展开内心独白，叙述他遭到放逐离开郢都，流落沅湘，但仍挂念国家的兴衰存亡。同时用一系列意象与人物来对比、比喻，写出屈原怀才不遇的失落，以及无法返乡的悲痛。

241

冥冥深林兮，　　　　深深丛林阴暗幽静啊，

树木郁郁。　　　　　树木茂密郁郁葱葱。

山参差以崭岩兮，　　山势起伏岩石峥嵘啊，

阜杳杳以蔽日。　　　峰峦高远遮天蔽日。

悲余心之悁悁兮，　　悲哀我心忧伤愤懑啊，

目眇眇而遗泣。　　　放眼远望泪流满面。

风骚屑以摇木兮，　　秋风萧瑟摇动草木啊，

云吸吸以湫戾。　　　云雾飘飘卷曲翻滚。

悲余生之无欢兮，　　悲哀我此生不曾欢乐啊，

愁倥偬于山陆。　　　忧愁困顿久居在山中。

旦徘徊于长阪兮，　　白日在高坡上游荡啊，

夕彷徨而独宿。　　　黑夜独自辗转难眠。

发披披以鬤鬤兮，　　散乱的头发飘游空中啊，

躬劬劳而痡悴。　　　亲受劳苦疲惫憔悴。

魂佂伀而南行兮，　　心神不宁我向南前行啊，

泣沾襟而濡袂。　　　涕泗横流沾湿衣衫。

心婵媛而无告兮，　　忧思缠绕无人倾诉啊，

口噤闭而不言。　　　于是噤声闭口不言。

违郢都之旧闾兮，　　离开郢都我的故乡啊，

回湘沅而远迁。　　　掉头远远放逐到湘沅。

念余邦之横陷兮，　　顾念我国陷于危难啊，

宗鬼神之无次。　　　宗庙无人祭祀不成。

闵先嗣之中绝兮，　　悲悯先祖事业中断啊，

心惶惑而自悲。　心中疑惑恐惧自感悲伤。

聊浮游于山陕^{xiá}兮，　姑且在山谷中徘徊啊，

　步周流于江畔。　在江水畔漫步周游。

临深水而长啸兮，　面朝深渊长长吟啸啊，

　且徜徉而泛观。　徜徉漫游四处观览。

兴《离骚》之微文兮，　赋《离骚》以讽喻啊，

　冀灵修之壹悟。　希望君王能够醒悟

还余车于南郢^{yíng}兮，　让我的车马返回郢都啊，

　复往轨于初古。　重新铺就先王的道路。

道修远其难迁兮，　道路遥远我实在难回啊，

　伤余心之不能已。　我心中悲伤不能停止。

背三五之典刑兮，　违背三皇五帝的法度啊，

　绝《洪范》之辟纪。　断绝《洪范》的纲纪。

播规矩以背度兮，　舍弃规与矩违背度量啊，

　错权衡而任意。　废除秤锤秤杆肆意估量。

操绳墨而放弃兮，　坚守法度的人被抛弃啊，

　倾容幸而侍侧。　阿谀小人却侍奉在一旁。

甘棠枯于丰草兮，　甘棠枯萎在茂盛草丛啊，

　藜^{lí}棘树于中庭。　藜棘却种植在庭院中。

西施斥于北宫兮，　美女西施丢弃在冷宫啊，

　仳倠^{pǐ suī}倚于弥楹。　丑女仳倠却斜倚在屋堂。

乌获戚而骖^{cān}乘兮，　力士乌获与君王共乘啊，

　燕公操于马圉^{yǔ}。　燕公反而在马厩操劳。

kuǎi kuì

蒯聩登于清府兮，　蒯聩忤逆却进入宗庙啊，

gāo yáo

　咎繇弃而在野。　　皋陶贤明被抛弃在荒野。

盖见兹以永叹兮，　见如此世道长久哀叹啊，

　欲登阶而狐疑。　　想要进言献策却又犹疑。

乘白水而高骛兮，　乘着白水远走高飞啊，

　因徙弛而长词。　　趁机离去永远离别。

　　　　叹曰：　尾声：

lú

偷佯垆阪，沼水深兮。　徜徉在山坡上，池水深深啊。

容与汉渚，涕淫淫兮。　徘徊在汉水边，泪流不止啊。

锺牙已死，谁为声兮？　子期伯牙已逝，谁在弹奏啊？

纤阿不御，焉舒情兮？　纤阿不驾车马，怎么献力啊？

xī

曾哀凄欷，心离离兮。　哀叹凄凉非常，心中悲伤啊。

还顾高丘，泣如洒兮。　回望高山，泪水挥洒不绝啊。

远游

【题解】

《远游》运用丰富的想象，通过远游太空神话世界，倾诉屈原忠直却被迫害，忠君却被流放的忧伤心情，表达其忧国忧民、矢志不渝之心。

起笔便坚持不改本性，不移志向，随后写屈原登天远游的一系列情景，然而当屈原回头观看前途昏暗的故国时，回想往事心中黯然，虽然竭力尽忠却遭谗流放，愁苦难当，难以释然。

此《远游》与屈原的《远游》同名，二者虽内容上共有向天上神

界飞升周游的场面，但屈原之《远游》抒发了对现实社会的不满和对天上理想社会的向往，更重要的是体现了屈原人生观和思想观；而刘向的《远游》则主要是对屈原远游场面的想象，目的更多的是对其个人品格的彰显，以及悲惨命运的感叹。

悲余性之不可改兮，　　悲叹我性情无法改变啊，

　　屡惩艾而不移。　　　屡遭打击却坚定不移。

服觉皓以殊俗兮，　　　穿高洁白衣不同世俗啊，

　　貌揭揭以巍巍。　　　形貌修长如巍峨高山。

譬若王侨之乘云兮，　　如王子乔般腾云驾雾啊，

　　载赤霄而凌太清。　　乘坐红云飞临天庭。

欲与天地参寿兮，　　　想和天地同寿永久啊，

　　与日月而比荣。　　　想与日月比肩同光辉。

登昆仑而北首兮，　　　登上昆仑山朝北眺望啊，

　　悉灵圉而来谒。　　　一众神仙都来拜谒。

选鬼神于太阴兮，　　　在北极选取忠直鬼神啊，

　　登闾阖于玄阙。　　　从玄阙山登临北方天门。

回朕车俾西引兮，　　　掉转我的车头向西行啊，

　　褰虹旗于玉门。　　　扬起彩旗直奔玉门山。

驰六龙于三危兮，　　　驾驭六龙车到三危山啊，

　　朝西灵于九滨。　　　在九滨朝见西方神灵。

结余轸于西山兮，　　　将我的车驾暂停西山啊，

　　横飞谷以南征。　　　横渡飞谷向南进发。

绝都广以直指兮，　　　穿越广阔原野径直去啊，

历祝融于朱冥。　　在朱冥遇到南海祝融。

枉玉衡于炎火兮，　　回转车头经过火山啊，

委两馆于咸唐。　　两次在咸池暂时驻歇。

贯颎蒙以东揭兮，^{hòng}^{qiè}　　贯穿混沌之气向东去啊，

维六龙于扶桑。　　将六龙拴在扶桑树上。

周流览于四海兮，　　周游四方去游玩观览啊，

志升降以高驰。　　想要上天入地飞来去往。

征九神于回极兮，　　征召九天之神在天极啊，

建虹采以招指。　　竖起彩旗指挥八方。

驾鸾凤以上游兮，　　驾驭鸾凤向上飞翔啊，

从玄鹤与鷦明。^{jiāo}　　跟随着神鸟玄鹤与鷦明。

孔鸟飞而送迎兮，　　孔鸟盘旋迎来送往啊，

腾群鹤于瑶光。　　仙鹤成群在瑶光星腾飞。

排帝宫与罗圉兮，　　推开天门进入天苑啊，

升县圃以眩灭。　　登上悬圃光芒夺目。

结琼枝以杂佩兮，　　系结玉树枝条为配饰啊，

立长庚以继日。　　长庚星升起接替太阳。

凌惊雷以轶骇电兮，　　乘上惊雷超越闪电啊，

缀鬼谷于北辰。　　将鬼神束缚在北辰星上。

鞭风伯使先驱兮，　　鞭策风神作为先导啊，

囚灵玄于虞渊。　　把灵玄神囚禁在虞渊。

溯高风以低个兮，　　迎着大风在空中徘徊啊，

览周流于朔方。　　在北方游览周游一番。

就颛顼_{zhuān xū}而陈辞兮，　面对颛顼帝陈述衷情啊，

　考玄冥于空桑。　在空桑山考问玄冥神。

旋车逝于崇山兮，　转过车头驶向崇山啊，

　奏虞舜于苍梧。　在苍梧树下奏请虞舜。

济杨舟于会稽兮，　驾杨木船到会稽山啊，

　就申胥于五湖。　在五湖向伍子胥问道。

见南郢^{yǐng}之流风兮，　目睹楚国黑暗的流俗啊，

　殒余躬于沅湘。　我将自沉在沅水湘江。

望旧邦之黭黮^{tǎn}兮，　眺望故国前途昏暗啊，

　时溷浊其犹未央。　世道污浊没有尽头。

怀兰茝^{chǎi}之芬芳兮，　怀抱芳香的兰花芷草啊，

　妒被离而折之。　遭小人嫉妒被摧折。

张绛帷以襜襜^{chān}兮，　张开绛色帷幕飘摇啊，

　风邑邑而蔽之。　阵阵微风便可遮挡。

日曛曛^{tūn}其西舍兮，　明亮的太阳将要西落啊，

　阳焱焱^{yàn}而复顾。　光彩绚丽仍能看到。

聊假日以须臾兮，　且趁此时光安歌片刻啊，

　何骚骚而自故？　何必自找忧愁与烦恼？

　　叹曰：　尾声：

　　譬彼蛟龙，　就像那蛟龙一般，

　　乘云浮兮。　乘着浮云飘游啊。

　　泛淫泂^{hòng}溶，　云气翻涌弥漫，

　　纷若雾兮。　迷蒙一片像水雾啊。

潺湲镠辖，　　流水纵横，

雷动电发，　　电闪雷鸣，

驳高举兮。　　奔驰高飞啊。

升虚凌冥，　　升上高空，

沛浊浮清，　　排除浊气，

入帝宫兮。　　进入帝宫啊。

摇翘奋羽，　　振奋翅膀，

驰风骋雨，　　驱使风雨，

游无穷兮。　　无尽遨游啊。

九　思

王逸

【题解】

　　《九思》是东汉时期王逸所作九篇短文的合称，是继王褒《九怀》、刘向《九叹》后，又一代屈原抒发情感之作。

　　王逸《楚辞章句》中有《九思》序一篇，其作者未知，但记述了王逸作《九思》之原因：王逸读《楚辞》，伤感屈原之忠节，故为其作品注解；与屈原同为楚地人士，哀楚之情与其无异，又读《九怀》《九叹》，仰慕王褒、刘向之文采，故作《九思》。

　　《九思》包括《逢尤》《怨上》《疾世》《悯上》《遭厄》《悼乱》《伤世》《哀岁》《守志》共九篇。

逢尤

【题解】

　　"逢"，遭遇；"尤"，灾祸；"逢尤"即遭遇灾祸之意。

　　《逢尤》写屈原在遭受灾祸后的一系列心理活动。首句"悲兮愁，哀兮忧"，悲的是自己忧国忧民却反遭谗言、被排挤流放的个人遭遇；哀的是楚国朝政黑暗、国破家亡的国家命运。文中使用了大量历史人物与意向的对比，指出君王昏聩、忠奸不分，就是国家灭亡的根源，抒发了屈原郁闷与悲哀的心情，以及自身忠直高洁，却被排挤流放，报国无门，满心复杂又矛盾的痛苦心情。

《逢尤》与刘向《九叹》的首篇《逢纷》相似，应为王逸模仿借鉴之作，体现王逸对屈原人格的崇敬，以及王逸对刘向文采的仰慕。

悲兮愁，哀兮忧！　　　悲伤哀愁啊，哀叹烦忧！

天生我兮当暗时，　　　天让我降生在污浊世道，

被诼谮兮虚获尤。　　　蒙受诽谤啊无辜遭罪尤。
zhuó zèn

心烦愦兮意无聊，　　　心中昏烦啊意虑空虚，
kuì

严载驾兮出戏游。　　　赶快驾起车马啊出游。

周八极兮历九州，　　　周览八方啊游历中原，

求轩辕兮索重华。　　　去寻找黄帝和虞舜啊。

世既卓兮远眇眇，　　　明世已远啊遥不可及，
miǎo

握佩玖兮中路躇。　　　手握美玉啊在路中徘徊。
chú

羡咎繇兮建典谟，　　　羡慕皋陶啊建立典范，
gāo yáo　　mó

懿风后兮受瑞图。　　　称赞风后啊受赐瑞图。
yì

愍余命兮遭六极，　　　悲悯我命运啊受尽苦难，
mǐn

委玉质兮于泥涂。　　　委屈美志啊在淤泥之中。

遽偟遑兮驱林泽，　　　焦急仓皇奔向山林水泽，
jù zhāng huáng

步屏营兮行丘阿。　　　彷徨漫步走在幽僻山中。

车轫折兮马虺颓，　　　车轫折断啊马儿疲病，
yuè　　　　　huī

惷怅立兮涕滂沱。　　　惆怅而立啊泪如雨下。
chōng

思丁文兮圣明哲，　　　想那武丁文王圣明智慧，

哀平差兮迷谬愚。　　　悲哀平王夫差昏庸谬愚。

吕傅举兮殷周兴，　　　吕望傅说受用商周兴盛，

忌嚭专兮郢吴虚。　　依靠无忌伯嚭楚吴毁败。

仰长叹兮气饿结，　　仰天长叹啊中气郁结，

悒殙绝兮咶复苏。　　忧郁窒息啊死而复苏。

虎兕争兮于廷中，　　虎兕在朝廷啊争权夺利，

豺狼斗兮我之隅。　　豺狼在我身边钩心斗角。

云雾会兮日冥晦，　　云雾聚集啊遮蔽了太阳，

飘风起兮扬尘埃。　　旋风吹起啊尘埃飘浮。

走鬯罔兮乍东西，　　失意惆怅啊东奔西走，

欲窜伏兮其焉如？　　想逃走隐匿要到哪去？

念灵闺兮隩重深，　　思念君王啊宫堂幽深，

原竭节兮隔无由。　　愿竭尽忠节却被阻隔。

望旧邦兮路逶随，　　回望故国啊道路曲折，

忧心悄兮志勤劬，　　忧心寂寂啊志向萎靡。

魂茕茕兮不遑寐，　　灵魂孤独啊无暇睡眠，

目眽眽兮寤终朝。　　眼睁睁啊不眠到天明。

怨上

【题解】

“上”可指上天，也可指君王，总之是要抒发个人的怨愤之情。

此篇描写屈原在流放期间对于君王的沉沦、国家的混乱的忧伤心情。屈原“怨”楚怀王听信谗言，使得朝政黑暗，举国混乱；“怨”上天显露恶兆，将倾覆楚国，又对其命运不公，使其孤独处幽不能报效国家。本文表达了屈原对国家混乱衰败的悲哀，自己孤立无援

的叹息，以及虽被排挤流放、孤立无援也矢志不渝、忧国忧民的情怀。

令尹兮謷謷，　掌政令尹啊胡言乱语，
群司兮谞谞。　群臣在下诽谤谗言啊。
哀哉兮溷溷，　哀伤啊国家混乱不堪，
上下兮同流。　朝堂上下啊同流合污。
菽蓠兮蔓衍，　菽蓠小草啊蔓延疯长，
芳藗兮挫枯。　芳香芷草啊折断枯萎。

朱紫兮杂乱，　贤士小人啊上下错位，
曾莫兮别诸。　没有人啊能分辨清楚。
倚此兮岩穴，　倚靠着这岩石洞穴啊，
永思兮窈悠。　久久思虑啊深远悠长。
嗟怀兮眩惑，　叹息啊君王昏庸迷惑，
用志兮不昭。　我忠直进言啊却不明察。

将丧兮玉斗，　那北斗星啊将要丧失，
遗失兮钮枢。　天枢明星啊也要丢弃。
我心兮煎熬，　我的心中啊如同油煎，
惟是兮用忧。　想到这里啊备受忧烦。
进恶兮九旬，　仇牧茍息进言也成罪恶，
复顾兮彭务。　又想起投水是彭咸务光。

拟斯兮二踪，　照着先贤的踪迹行走，
未知兮所投。　却不知道啊要往哪里走。
谣吟兮中野，　歌谣行吟啊在荒野之中，

上察兮璇玑。　　抬头看到啊璇玑明星。

大火兮西睨，　　大火星啊向西滑落，

摄提兮运低。　　摄提星啊向下运行。

雷霆兮硠礚，　　雷暴霹雳啊隆隆作响，

雹霰兮霏霏。　　冰雹霰雾啊飘洒纷飞。

奔电兮光晃，　　闪电奔驰啊强光炫目，

凉风兮怆凄。　　凉风阵阵啊悲怆凄冷。

鸟兽兮惊骇，　　飞禽走兽啊惊吓不已，

相从兮宿栖。　　互相跟从着栖息躲藏。

鸳鸯兮喁嚨，　　鸳鸯成双啊和谐鸣唱，

狐狸兮徽徽。　　狐狸入对啊相随前行。

哀吾兮介特，　　悲哀我啊孤单一人，

独处兮罔依。　　独居僻处啊无所依。

蝼蛄兮鸣东，　　蝼蛄啊在东方鸣唱，

蟊蟙兮号西。　　虫蝎啊在西方哀号。

蚊缘兮我裳，　　毛虫啊趴在我的下裳，

蠋入兮我怀。　　飞蛾啊扑进我的胸怀。

虫豸兮夹余，　　小虫啊左右夹击我，

惆怅兮自悲。　　忧郁失意啊独自悲伤。

伫立兮忉怛，　　长久站立啊痛苦凄怆，

心结绉兮折摧。　　心中郁结啊肝肠寸断。

疾世

【题解】

"疾世"即痛恨黑暗世道之意。

王逸借鉴屈原"求女不得"的经历，创作此篇，写出世道不正、知音难求的困闷。开篇写屈原在汉水求水神灵女而不得，以此指世间小人众多，遍寻贤人不得之迫切；接着上天周游，虽与伏羲之言相符，但仍没有知己，不能施展才华；最终理想与现实矛盾巨大，无法解脱，于是抒发忧愁，不能自已。

本篇较为特殊的是，王逸在屈原忠君报国的思想感情中还加入了儒家思想的因素，一如伏羲"云靡贵兮仁义"，凸显了汉代当时的思想文化特点。

周徘徊兮汉渚，	周游徘徊啊在那汉水，
求水神兮灵女。	想追求那水中女神。
嗟此国兮无良，	哀叹这国家啊没有贤士，
媒女诎(qū)兮谎(lián)谀(lóu)。	媒人嘴笨啊表述不清。
鹥(yàn)雀列兮诖(huá)谨(huān)，	鹥雀罗列啊喧哗啼叫，
鸲(qú)鹆(yù)鸣兮聒余。	鸲鹆叽喳啊使我厌烦。
抱昭华兮宝璋，	怀抱着华美的璋玉啊，
欲衔鬻(xuàn yù)兮莫取。	想要叫卖啊无人理睬。
言旋迈兮北徂，	只好远去啊向北方去，
叫我友兮配耦(ǒu)。	召唤我的朋友和我并行。
日阴曀(yì)兮未光，	太阳被云遮蔽啊不见光，

^{qù shǎo} 阒睄窕兮靡睹。	寂静昏暗啊不可视物。
纷载驱兮高驰，	驾起车马啊向上腾飞，
^{zī} 将谘询兮皇羲。	将要向伏羲氏询问。
遵河皋兮周流，	沿着河岸啊周游四方，
路变易兮时乖。	道路易变啊时而背离。
^{lì} 沥沧海兮东游，	渡过沧海啊向东漫游，
^{guàn} 沐盥浴兮天池。	在咸池中啊盥洗沐浴。
访太昊兮道要，	访问伏羲帝啊天道要务，
云靡贵兮仁义。	说没有什么贵于仁义。
志欣乐兮反征，	心中欢喜啊返回向西，
^{bīn} 就周文兮邠岐。	与周文王在邠岐会面。
秉玉英兮结誓，	持握玉树花朵啊起誓，
日欲暮兮心悲。	天色渐晚啊心中悲伤。
惟天禄兮不再，	想到天福将不再降临，
背我信兮自违。	背离我的信念与内心。
^{yú} 嵛陇堆兮渡漠，	穿越陇堆山啊渡过沙漠，
过桂车兮合黎。	经过桂车山啊来到合黎。
^{zhí lù} 赴昆山兮挚骒，	奔赴昆仑山啊拴好骏马，
^{qióng} 从邛遨兮栖迟。	跟随邛兽遨游啊栖息。
吮玉液兮止渴，	吮吸玉液啊来解渴，
^{niè} 啮芝华兮疗饥。	啃食灵芝花啊来充饥。
^{liáo} ^{xiǎn} 居嵺廓兮飖畴，	空旷独居啊缺少知己，
远梁昌兮几迷。	僻远路陷啊几欲迷途。

255

望江汉兮濩渃，　　遥望江汉啊水波浩荡，

心紧絭兮伤怀。　　心绪纠缠啊悲伤感怀。

时昢昢兮且旦，　　天将明亮啊日将升起，

尘莫莫兮未晞。　　尘烟浓盛啊晨露未干。

忧不暇兮寝食，　　忧伤啊没有空闲吃睡，

吒增叹兮如雷。　　怒吼叹息啊如同响雷。

悯上

【题解】

"悯"，怜悯；"上"，一说应作"己"，指屈原；"悯上"即对屈原所遭受的不公之怜悯。

本篇先以意象来做比喻，写出世道之黑暗；随后写屈原失去立足之地，徘徊在外，愁苦非常，孤苦伶仃，空有报国之才，却受排挤不得志；岁月逝去，更加深了屈原的痛苦之情。抒发了屈原在流放期间的悲伤与不平，更表达了屈原对于奸邪当道、贤者被斥的愤懑和忧恨。

哀世兮睩睩，　　悲哀世道啊小人转目，

詃詃兮嗌喔。　　护眼巧语啊谄媚奉承。

众多兮阿媚，　　众多奸佞啊阿谀献媚，

骫靡兮成俗。　　枉曲散漫啊已成风俗。

贪枉兮党比，　　贪赃枉法啊成群结党，

贞良兮茕独。　　忠贞贤良啊茕茕独立。

鹄窜兮枳棘， 天鹅被流放到险远深林，
鹈^{tí}集兮帷幄。 鹈鹕聚集在那帝王帐幕。

蕳藘^{jiān rú}兮青葱， 荒草野花啊青青葱郁，
槁本兮萎落。 香草槁本啊枯萎凋落。

睹斯兮伪惑， 看到此景啊虚假昏惑，
心为兮隔错。 心有阻隔啊愁苦受挫。

逡巡^{qūn}兮圃薮^{sǒu}， 徘徊不前啊在园圃草泽，
率彼兮畛^{zhěn}陌。 散漫信步在那田间道路。

川谷兮渊渊， 山川河谷啊深邃沉静，
山岊^{fù}兮峉峉^è。 高大的峰峦啊巍峨。

丛林兮崟崟^{yín}， 树丛深林啊茂盛耸立，
株榛兮岳岳。 草木枝干啊葱茏挺拔。

霜雪兮漼溰^{cuī yí}， 寒霜风雪啊聚集堆积，
冰冻兮洛泽。 河湖凝结啊水竭成冰。

东西兮南北， 不论是东西还是南北，
罔所兮归薄。 都没有处所可以依附。

庇荫兮枯树， 在干枯树木下躲避太阳，
匍匐兮岩石。 俯卧爬行在那岩石中。

蜷跼^{jú cù}兮寒局数， 局促畏曲蜷缩寒风里，
独处兮志不申， 孑然独处啊志向难明。

年齿尽兮命迫促。 年岁将尽啊命数催促，
魁垒挤摧兮常困辱， 紧逼摧折啊常遭困苦。
含忧强老兮愁无乐。 忧愁渐老啊不能欢乐，

257

须发苎悴兮颢鬓白，　　须发憔悴啊两鬓斑白。

思灵泽兮一膏沐。　　希望能有天恩来滋润，

怀兰英兮把琼若，　　怀抱兰花啊手拿芳若，

待天明兮立踯躅。　　伫立顿足啊等待天明。

云蒙蒙兮电倏烁，　　云雾迷蒙啊光电闪烁，

孤雌惊兮鸣呴呴。　　失伴雌鸟受惊而哀鸣。

思怫郁兮肝切剥，　　神思忧郁啊如剥心肝，

忿悁悒兮孰诉告？　　愤懑满怀啊能告诉谁？

遭厄

【题解】

"遭"，遭受；"厄"，灾祸；"遭厄"即遭受灾祸。

此篇描写屈原遭受排挤和迫害后，忍辱远去却又寻不到出路的经历。先写奸佞之人充满朝堂，贤良之士被放逐；随后写屈原不愿同流合污，故而远走他乡，而所见之天上的场景也同人间一般黑白颠倒、日月无光；神游的屈原又从天上看到了郢都，心中腾起思念之情。这是王逸对屈原在理智和情感中矛盾挣扎的想象，表达了他对屈原经历的深刻同情和理解。

悼屈子兮遭厄，　　悲悼屈原啊遭遇灾殃，

沉玉躬兮湘汨。　　自沉玉体啊在湘汨之水。

何楚国兮难化，　　楚国啊如此难以变化，

迄于今兮不易。　　到如今啊仍是一成不变。

士莫志兮羔裘，　　士人没一个有志于美政，

竞佞谀兮谗阅^{xì}。　竞相谄媚啊攻讦争吵。

指正义兮为曲，　　将正义啊当作是枉曲，

訿^{zǐ}玉璧兮为石。　把玉璧啊说成是石头。

鸱^{chī}雕游兮华屋，　鸱鹰翔游啊在华丽屋堂，

鵕^{jùn}鸡栖兮柴蔟^{cù}。　鵔鸡神鸟在柴巢上休憩。

起奋迅兮奔走，　　奋起迅疾啊向远处奔逃，

违群小兮谡^{xǐ}诟^{gòu}。　离开一众小人的责骂啊。

载青云兮上升，　　乘坐青云啊向上飞升，

适昭明兮所处。　　去到太阳啊所在之地。

蹑天衢^{qú}兮长驱，　踏上天街啊长久驰骋，

躇九阳兮戏荡。　　踩着九个太阳啊游荡。

越云汉兮南济，　　越过云海啊向南渡过，

秣^{mò}余马兮河鼓。　喂我的马啊在牵牛星。

云霓纷兮晻^{yǎn}翳，　云霞纷繁啊遮蔽天光，

参辰回兮颠倒。　　参星商星啊颠倒回转。

逢流星兮问路，　　遇到流星啊询问前路，

顾我指兮从左。　　给我指示啊向左行进。

径娵^{jīng jū}觜^{zī}兮直驰，　经过娵觜星宫啊向前，

御者迷兮失轨。　　车夫迷路啊失去方向。

遂踢达兮邪造，　　于是错过啊斜着前行，

与日月兮殊道。　　与日与月啊已不同路。

志阕^è绝兮安如，　志向阻绝啊能到何方，

259

哀所求兮不耦^{ǒu}。　悲哀所求啊不与我同路。

攀天阶兮下视，　攀登天梯啊向下俯瞰，
见鄢郢^{yān yǐng}兮旧宇。　看到鄢郢啊我的故居。

意逍遥兮欲归，　心中徜徉啊想要归还，

众秽盛兮杳杳。　小人众多啊世道混乱。

思哽饐^{yē jié qū}兮诘诎，　忧思哽咽啊遭冤屈，

涕流澜兮如雨。　泪流满面啊如同落雨。

悼乱

【题解】

《悼乱》是《九思》中立意较为深刻且情绪较为高昂的一篇。"悼乱"即哀悼世事的混乱。

此篇抨击世道的黑暗、朝政的混乱，表达屈原见此世道，却仍想涤清污浊、为国效力的情怀。全文由"乱"入手，描写古时自然与社会中几组是非不清的混乱场景；随后写屈原想要隐居却满目怪兽恶鸟、面临威胁的情景；最后写屈原孤身一人，知音难寻的苦闷，至于发现自己仍眷恋故国与君王，既悲伤又坚定的心情。全篇运用合理化的想象与丰富的意象，表现屈原百折不挠的崇高人格。

嗟嗟兮悲夫，　感叹啊如此悲伤，

骰乱^{xiáo rú}兮纷挐。　交错啊混杂异常。

茅丝兮同綜，　茅草丝线啊混作一团，

冠屦^{jù qú}兮共絇。　帽子鞋子啊装饰相同。

督万兮侍宴　　华都宋万啊侍奉君宴，
周邵兮负刍^{chú}。　周公邵公啊放逐背柴。

白龙兮见射，　河神白龙啊被箭射中，
灵龟兮执拘。　占卜灵龟啊绑拿拘禁。

仲尼兮困厄，　孔子仲尼啊困顿窘迫，
邹衍兮幽囚。　邹衍忠诚啊却遭囚禁。

伊余兮念兹，　我啊一想到这些古事，
奔遁兮隐居。　奔走逃跑啊隐匿而居。

将升兮高山，　将要登上那高山，
上有兮猴猿。　山上却有那猿猴。

欲入兮深谷，　想要进入那深谷，
下有兮虺蛇^{huǐ}。　谷中却有那毒蛇。

左见兮鸣鵙^{jú}　左边看见那鸣叫的伯劳，
右睹兮呼枭。　右边目睹那呼号的枭鸟。

惶悸兮失气，　惊惧惶恐啊气息渐无，
踊跃兮距跳。　挣扎跳跃啊逃出险境。

便旋兮中原，　盘桓回旋啊在原野中，
仰天兮增叹。　仰望苍天啊徒增叹息。

菅蒯兮野莽^{jiānkuǎi}　茅草遍地啊茂盛葱茏，
藿苇兮仟眠^{huán}。　荻草芦苇啊蔓衍丛生。

鹿蹊兮躑躅^{xī} ^{duàn}，　野鹿奔跑啊在那小路，
豱貉兮蟫蟫^{tuān hé} ^{xún}。　猪獾貉兽啊跟随而行。

鹯鹞兮轩轩^{zhān yào}，　晨风鹞鹰啊高高翱舞，

^{chún ān}
鹑鹌兮甄甄。　　鹌鹑小鸟啊振翅飞翔。

哀我兮寡独，　　悲哀我啊孤独一人，

靡有兮齐伦。　　世间没有啊同类之人。

意欲兮沉吟，　　想要啊沉思而吟味，

迫日兮黄昏。　　太阳西落啊日渐黄昏。

玄鹤兮高飞，　　玄鹤啊高高飞行，

曾逝兮青冥。　　远远消逝啊在那苍穹。
^{cāng gēng jiē}
鸧鹒兮喈喈，　　黄鹂鸟啊叽喳而鸣，

山鹊兮嘤嘤。　　山鹊鸟啊叫声嘤嘤。

鸿鸬兮振翅，　　鸬鹚啊拍打翅膀，

归雁兮于征。　　大雁啊将要远行。

吾志兮觉悟，　　我的内心啊终于醒悟，

怀我兮圣京。　　怀念啊那故国郢都。
^{xǐ}
垂屣兮将起，　　提起鞋子啊我将起程，
^{zhù sì}
跱俟兮硕明。　　驻足等待啊天光大亮。

伤时

【题解】

"伤时"既是伤感自然之天时，也是伤感社会之现实。

此篇表达屈原对奸邪当道、忠良遭害的愤慨，以及热爱祖国却无法报效国家的忧伤。全文首先写春季的生机勃勃，再写世间轮转到秋冬草木凋零；借景与典故，表达驱逐忠良、小人当道的现实。于是屈原远遁他乡避祸，但依然忧思故国。全篇形象地表现出屈原对国家深切而复杂的情感。

惟昊天兮昭灵，	春日之神啊显现神通，
阳气发兮清明。	天气和暖啊空气清新。
风习习兮穌煖_{hé nuǎn}，	风儿和煦啊温暖宜人，
百草萌兮华荣。	草木萌生啊花朵繁荣。
堇荼茂兮扶疏，	堇菜荼草啊枝叶茂盛，
蘅芷凋兮莹嫇_{míng}。	杜蘅芷草凋零啊萧瑟。
愍_{mǐn}贞良兮遇害，	怜悯忠贞良臣啊遭灾祸，
将夭折兮碎糜_{mí}。	将要死去啊粉身碎骨。
时混混兮浇馈_{zàn}，	世事浑浊啊如羹浇饭，
哀当世兮莫知。	悲哀当世啊无人知我。
览往昔兮俊彦，	回忆古往今来的贤才，
亦诎辱兮系累_{qū}。	也都遭屈辱而受连累。
管束缚兮桎梏，	管仲被束缚啊又上刑，
百贸易兮傅卖。	百里奚无奈被卖于秦。
遭桓缪兮识举，	遇到齐桓秦穆赏识啊，
才德用兮列施。	才能德行才被重用施行。
且从容兮自慰，	姑且安闲啊自我宽慰，
玩琴书兮游戏。	把玩琴与书以自娱。
迫中国兮连隘_{zé xiá}，	迫于国内狭小无处施展，
吾欲之兮九夷。	我想要到那九嶷山去。
超五岭兮嵯峨_{cuó}，	飞越五岭啊山势高峻，

观浮石兮崔嵬^{wéi}。　观览浮石啊形貌崎岖。

陟丹山兮炎野，　过丹山去南方炎热之野，

屯余车兮黄支。　停下我的车在黄支古国。

就祝融兮稽疑，　对火神祝融询问疑虑，

嘉己行兮无为。　他夸奖我啊顺应无为。

乃回揭兮北逝^{qiè}，　于是回转离去向北方行，

遇神媐兮宴娭^{xié xī}。　遇到神媐一同宴饮嬉戏。

欲静居兮自娱，　想要安居啊自娱自乐，

心愁戚兮不能。　心中忧愁啊不能欢乐。

放余辔兮策驷，　松开我的缰绳策马奔腾，

忽飚腾兮浮云^{biāo}。　迅速飞腾啊到达浮云。

跖飞杭兮越海^{zhí}，　乘坐航船啊跨越大海，

从安期兮蓬莱。　跟从安期仙人去往蓬莱。

缘天梯兮北上，　循着天梯啊向北进发，

登太一兮玉台。　登上天神太一所居玉台。

使素女兮鼓簧，　让神仙素女啊吹奏簧笙，

乘戈龢兮讴谣^{hè}。　仙人乘戈唱和啊讴咏。

声嗷誂兮清和^{jiāo tiǎo}，　歌声高畅啊清新和谐，

音晏衍兮要嬑^{yáo}。　音调悠长啊身姿恣肆。

咸欣欣兮酣乐，　众人欣喜啊畅饮欢乐，

余眷眷兮独悲。　我想念故国独自哀伤。

顾章华兮太息，　回顾章华台啊长长叹息，

志恋恋兮依依。　心中不舍啊情思依依。

哀岁

【题解】

《哀岁》是《九思》的第八篇。"哀岁"即哀叹岁月流逝年华老去之意。《哀岁》与前一篇《伤时》可称为姊妹篇，皆是从景着笔，写屈原的感喟。

此篇写秋冬景色的萧瑟，暗指屈原被逐后，满腹才华和报国之心无处施展的惆怅，以及面对朝廷小人当道的无奈。环境险恶，屈原深陷其中无处躲藏，只有独自一人保有节操，在黑暗的人间与无法停止的时间流逝中踽踽独行。

相比《伤时》想要离去的复杂忧愁，《哀岁》中的屈原被困于泥泞，显得更加无奈。

mín

旻天兮清凉，	秋日啊天气清凉，
玄气兮高朗。	元气充沛啊天高明朗。
北风兮潦冽，	北风萧瑟啊寒气凛冽，
草木兮苍唐。	草木啊开始凋零枯黄。
蜻蚗兮噍噍，	秋蝉啊细碎鸣叫，
蛅蛆兮穰穰。	蟋蟀啊非常众多。
岁忽忽兮惟暮，	岁月倏忽啊将至暮年，
余感时兮凄怆。	我感叹这时光啊悲伤。
伤俗兮泥浊，	感伤世俗啊泥泞污浊，
蒙蔽兮不章。	人心蒙蔽啊不能彰明。
宝彼兮沙砾，	将那沙石啊当作宝物，

yī jué　jiāo（蜻蚗兮噍噍）

ji jū ráng（蛅蛆兮穰穰）

捐此兮夜光。　　把这夜明珠抛弃一旁。

椒瑛兮涅污，　　芬芳美玉啊沾染污秽，
_{yīng}

菜耳兮充房。　　刺人苍耳却充满屋堂。
_{xǐ}

摄衣兮缓带，　　整理衣冠啊松开腰带，

操我兮墨阳。　　手持我那宝剑墨阳。

升车兮命仆，　　命令仆从啊备好车驾，

将驰兮四荒。　　将要奔驰向那四面八方。

下堂兮见虿，　　下台阶啊碰见毒蝎，
_{chài}

出门兮触蜂。　　走出门啊遇到毒蜂。

巷有兮蚰蜒，　　小巷中啊满是蚰蜒，
_{yóu yán}

邑多兮螳螂。　　城市里啊众多螳螂。

睹斯兮嫉贼，　　看到此景啊痛恨奸臣，

心为兮切伤。　　心中悲痛啊刻骨哀伤。

俛念兮子胥，　　俯首怀念啊伍子胥，
_{fǔ}

仰怜兮比干。　　抬头怜悯那比干。

投剑兮脱冕，　　丢弃佩剑啊摘下帽冠，

龙屈兮蜿蟺。　　神龙盘曲啊不能舒展。
_{zhuān}

潜藏兮山泽，　　潜行隐藏在啊山中水泽，

匍匐兮丛攒。　　趴卧在那草木之中。
_{cuán}

窥见兮溪涧，　　遥遥看见啊溪水山涧，

流水兮沄沄。　　水波回旋啊汹涌流转。
_{yún}

鼋鼍兮欣欣，　　大鳖鳄鱼啊欢欣雀跃，
_{yuán tuó}

鳝鲇兮延延。　　鳝鱼鲇鱼啊众多连绵。
_{shàn nián}

群行兮上下，　成群结队啊上下游动，

骈罗兮列陈。　骈比罗列啊并列安陈。
_{pián}

自恨兮无友，　只恨自己啊没有知己，

特处兮茕茕。　独自而居啊孤寂一人。
_{qióng}

冬夜兮陶陶，　冬日夜晚啊如此漫长，

雨雪兮冥冥。　雨雪交加啊昏黑渺茫。

神光兮颎颎，　神灵之光啊闪烁光芒，
_{jiǒng}

鬼火兮荧荧。　鬼魂之火啊光亮莹莹。

修德兮困控，　修养德行啊无人引进，

愁不聊兮遑生。　愁闷不快啊何以为生。

忧纡兮郁郁，　忧思系结啊郁郁不乐，
_{yū}

恶所兮写情。　没有地方啊可以抒情。
_{wū}

守志

【题解】

"守志"即坚守心志之意。《守志》以表明心迹为主旨，以屈原高洁的志向作为九篇的结尾，从而把全文的气氛推向了高潮。

此篇实际是一首游仙诗，写屈原因不满黑暗昏昧的朝廷现状而远飞仙界，在仙界逍遥周游，遍观天象，又与先贤、织女交往，辅助天帝建立功勋，获得了精神上的满足。正文除最后四句外都彰显着不屈不挠的乐观精神，而最后四句则将全文的氛围回归至悲伤忧愁。

"乱曰"不仅是《守志》的结尾，也是对《九思》的总结。其中描绘的君明臣贤、政清民安的美好场景，是作者王逸借想象替屈原完成美政的理想，表达他对怀有高尚情操却处于黑暗时世的屈原的愤慨和同情。同时，对理想世界的美好想象仍体现出屈原理想与所处现实的矛盾冲突。这便是《九思》的主要内容：由理想到现实，由天宫到人世，从有为到无为，从乐观到悲观。因此，全篇的悲愤色彩也就更加浓郁。

陟玉峦兮逍遥，	登上玉山啊自在逍遥，
览高冈兮嶢嶢。	观览高山啊巍峨峻峰。
桂树列兮纷敷，	桂树罗列啊分布错杂，
吐紫华兮布条。	开放紫花啊舒展枝条。
实孔鸾兮所居，	这是孔雀鸾鸟所居之地，
今其集兮惟鸮。	现在却只聚集鸱鸮恶鸟。
乌鹊惊兮哑哑，	乌鸦喜鹊啊叫声呀呀，
余顾瞻兮怊怊。	我见此景啊心中怅惘。
彼日月兮暗昧，	那日月啊昏暗不明，
障覆天兮祲氛。	邪恶之气啊遮住天。
伊我后兮不聪，	我的君王他不张耳目，
焉陈诚兮效忠。	怎么表达诚心报效忠诚。
摅羽翮兮超俗，	舒展羽翼啊超越尘俗，
游陶遨兮养神。	遨游逍遥啊保养精神。
乘六蛟兮蜿蝉，	乘坐六蛟龙啊盘曲腾飞，
遂驰骋兮升云。	驰骋空中啊升入云天。
扬彗光兮为旗，	扬起彗星尾光作为旗帜，

秉电策兮为鞭。　　手持电光为鞭驱驰前行。

朝晨发兮鄢郢，　　早晨自那鄢郢出发，
<small>yān yǐng</small>

食时至兮增泉。　　用膳时就到了银河。

绕曲阿兮北次，　　环绕弯曲山阿向北留宿，

造我车兮南端。　　又驾着我的车向南端行。

谒玄黄兮纳贽，　　拜谒天地啊献上厚礼，
<small>zhì</small>

崇忠贞兮弥坚。　　尊崇忠贞啊更加坚定。

历九宫兮遍观，　　游历天宫啊四处观览，

睹秘藏兮宝珍。　　目睹秘宝啊和那奇珍。

就傅说兮骑龙，　　乘驾神龙啊拜见傅说，
<small>yuè</small>

与织女兮合婚。　　和织女啊结为夫妻。

举天罼兮掩邪，　　高举天网啊消灭邪恶，
<small>bì</small>

彀天弧兮射奸。　　拉满天弓啊射杀奸佞。
<small>gòu</small>

随真人兮翱翔，　　跟随仙人啊翱翔天空，

食元气兮长存。　　吸食元气啊永久存世。

望太微兮穆穆，　　远望太微星啊庄严肃穆，

睨三阶兮炳分。　　斜睨三阶星啊光辉灿烂。
<small>nì</small>

相辅政兮成化，　　辅佐朝政啊实现教化，

建烈业兮垂勋。　　建立功业啊名垂千古。

目瞥瞥兮西没，　　太阳倏忽啊向西沉没，

道遆回兮阻叹。　　道路遥远啊阻隔重重。

志稸积兮未通，　　心绪聚积啊难以纾解，
<small>xù</small>

怅敞罔兮自怜。　　惆怅失意啊自顾自怜。

九思

守志

269

乱曰：　　　尾声：

天庭明兮云霓藏，　天庭明澈啊云霓隐藏，

三光朗兮镜万方。　日月星光明朗照耀四方。

斥蜥蜴兮进龟龙，　斥退蜥蜴啊进用龟龙，

策谋从兮翼机衡。　听从计策啊辅佐安邦。

配稷契兮恢唐功，　比肩稷契恢宏尧的功绩，

嗟英俊兮未为双。　称赞世间英雄无人匹敌。

出品人：许 永
出版统筹：海 云
责任编辑：周亚灵
特邀编辑：黎福安
　　　　　李子雪
封面设计：刘晓昕
内文制作：百 朗
印制总监：蒋 波
发行总监：田峰峥

发　　行：北京创美汇品图书有限公司
发行热线：010-59799930
投稿信箱：cmsdbj@163.com